恋する回路

「っん」

　幼い声に釣られて顔を上げると、視線を合わせた西荻に「とれた？」と聞かれる。

　とろりと溶け出すような熱を孕んだ目で見つめられ、男達が主張した「誘った」というのはこの事かもしれないと思う。

恋する回路

成宮ゆり

16861

角川ルビー文庫

目次

口絵・本文イラスト／沖 麻実也

『まだ若いから、分からないでしょうけど、あなたが偶然《ぐうぜん》と呼ぶものは、全《すべ》て運命なのよ』

森を抜《ぬ》けると突然《とつぜん》視界が開け、有名な二段アーチ橋が現れる。その上をカタカタ音を立てて渡《わた》る列車の中で、向かいの老婆《ろうば》がレース編みをしながら口にした言葉を、俺は時々思い出す。

そう……例えば新しい案件の担当者が、やたらと扱《あつか》いづらい人間だった時なんかに。

「コンセプトと企画《きかく》の説明は以上です」

ミーティングルームで行われる午前中の会議は、いつもブラインドを上げて行われる。

そのせいで議長席に立つ人間の顔は、映画の悪役並みの逆光になる。現在その席に着いて三月の眩《まぶ》しい日差しの中で、クライアントの希望を簡単に説明している西荻は、何故《なぜ》か俺に敵愾《てきがい》心《しん》を抱《いだ》いている。

この広告会社で優秀《ゆうしゅう》な営業成績を納める西荻は、入社三年目で国立大卒の正社員だ。二歳違《ちが》うが、年下に見えない程《ほど》しっかりした男で、新入社員が憧《あこが》れる理想の社会人像を体現している。細身だが締《し》まった肉体は、いつも皺《しわ》一つ無いスーツに包まれている。顔もよく人当たりも良いので、西荻が担当であるか否《いな》かで制作部の女達のやる気が若干《じゃっかん》変わる。しかし俺にとって、西荻は見目《み》麗《めうるわ》しい異性でもなければ、好青年でもない。

「他《ほか》に何か質問はありますか？」

もっとも俺は他人の容姿に対してどうこう言える立場じゃない。一見して自由業だと指摘《してき》される風貌と穏《おだ》やかさとは程遠い顔立ちで、職質を受ける事も多い。怪《あや》しい行動をしていなくても、空港では麻薬《まやく》探知犬を近づけられる。渡航《とこう》記録のせいもあるが、税関では高確率で荷物を見せろと指示される。恋人《こいびと》からは「初めて智空《ちあき》を見たとき、怖《こわ》くて目を合わせられなかった」と言われた。

「おい、田辺《たなべ》くん」

不意に制作部の工藤《くどう》さんに名前を呼ばれ意識を会議に戻《もど》すと、西荻が無表情に俺を見ていた。

「デザイン部の方から何か質問は？」

「特にはないです。うちは企画がある程度形にならないと動けないですから」

そもそもこの時点での会議に参加する必要があるとは思えない。資料だけ貰《もら》えれば目を通しておく。欠伸《あくび》を噛《か》み殺しながら、西荻を仰《あお》ぎ見る。

「質問がないようなら、会議は以上です」

西荻は俺の返答を受けて、持ち運びのできる小さなプロジェクターの電源を落とした。

会議室を出ると、同じ契約《けいやく》社員の工藤さんから別件の仕事の打ち合わせがしたいと言われ、二人でデザイン室に戻った。デザイン室にいるのは三人だけだ。その中に正社員は一人もいない。俺も含《ふく》めて全員が契約社員で、回らない時はフリーランスのイラストレーターやデザイナーを頼《たの》んだり、編集プロダクションに仕事を渡す事もある。

この会社に限らず、最近は会社の基幹となる正社員を制作に携《たずさ》わらせない所も多い。大手広告会社なんかは完全に制作部を別会社として切り離《はな》していたりする。

「で、これがプランAとプランBなんですけど」

プリントアウトせずに画面上で見せると、工藤さんは「結構良いじゃない」と言って、カラーチップをクリックする。リンクさせているので、それだけでヘッドラインや背景の色が変わる。

「プランAでいいよ。後でデータ送るから落とし込んでおいて」

「分かりました。色希望はありますか？」

「任せる」

色はベースの鈍《にぶ》い水色に決めながら、プランAのファイル名の頭に「決定」と書き加える。

用は済んだはずだが工藤さんはオフィスに戻らずに、デスクの上にある写真に手を伸《の》ばす。

「綺麗《きれい》な海岸線だなぁ。どこの写真？」

「ララーシュですね。タンジェとカサブランカの途中《とちゅう》にあるんですけど、良いところですよ」

「モロッコか。カサブランカって言われるとどうしても映画の方を先に思い出すな」

そんな風に関係ない話をクッション代わりに挟《はさ》んだ後で、工藤さんは「田辺くん、あんまり西荻さんと揉《も》めないでね」と口にする。

工藤さんと西荻は一回り以上離れているが、二人の間には正社員と契約社員という深い溝《みぞ》があるため、お互《たが》い敬語で会話をしている。工藤さんは元は出版社の編集員だったが、数年前からこの広告会社で働いている。

俺はと言えば、元々はフリーのデザイナー兼《けん》ライターとして活動していた。ここは三月の頭から一年の契約を結んでいる。常駐《じょうちゅう》してデザインを行うのは初めてだが、仕事の付き合いは以前からあるので、社員とは顔見知りだ。

「俺は何もしてないですよ。何で嫌われてるのか、前から不思議だったんですよね」

俺がそう口にすると、工藤さんは「そりゃあれだろ」と嘆息する。

「あれって？」

「半年ぐらい前に、西荻さんが取ってきたでかい仕事を田辺くんが断っただろ。期限ぎりぎりだったのに、急遽《きゅうきょ》デザイナーまで探さなきゃならなくなって、かなり大変だったんだよ」

「いや、でもあんなに急に言われてもスケジュール空けられないですよ」

「そりゃ俺だって分かるよ。でも田辺くんの場合、別件の仕事があったわけじゃなくて、動かせないスケジュールって海外旅行だろ？　それで西荻さんも納得《なっとく》できなかったんだろうな」

「旅行じゃなくて、友達の結婚《けっこん》式です。場所がタウベニ島だったんで、行くだけで結構時間がかかるんですよ」

片道十数時間の長旅だ。どうせなら知り合いの家にも足を伸ばそうと、ニュージーランドとオーストラリアに寄るために一月近くスケジュールを空けた。早めに聞いていれば、スケジュールにも融通《ゆうずう》をつけたが、仕事の打診《だしん》をされたのは出発の二週間前だった。当時は契約社員ではなく案件毎《ごと》に仕事を受注していたので、会社に対して無理をする義理はなく、丁重《ていちょう》に断った。

「なんでもいいけど、田辺くんと西荻さんの間に入るの俺だからさ、あんまり禿《は》げさせないでくれよ。仲良くしてよ」

工藤さんはそう言うと俺の肩《かた》を軽く叩《たた》いてからデザイン室を出ていく。

その後ろを見送ってから、会議で渡された資料をもう一度ぱらぱらと捲《めく》る。

シンプルなデザインに丸みのあるフォントで作られたスライドベースの資料は読み易《やす》く、分かり易い。簡素に見えて、練り込まれている企画書《きかくしょ》を最後の頁《ページ》まで目を通す。

――俺はそれほど嫌いじゃないんだけどね。

企画書の表紙に書かれた「西荻恭平《きょうへい》」という名前を見ながら、俺は昨年末に偶然汐留《ぐうぜんしおどめ》の居酒屋で西荻を目にした事を思い出した。

その店は料理が美味《うま》いので、比較的《ひかくてき》よく利用していたが、西荻と顔を合わせるのは初めてだった。当時は名前が上手《うま》く思い出せず、この会社の営業部にいたという事だけをぼんやり覚えていた。だからトイレで俺の後ろを西荻が青い顔ですり抜けた時も、特に声はかけなかった。

けれどその時の西荻はかなり焦《あせ》っていたので、仮に挨拶《あいさつ》をしても気付かなかっただろう。

一目散に個室に籠《こ》もったと思うと、すぐに嘔吐《おうと》する声が聞こえた。心配になり声をかけたが、西荻は「すみません、大丈夫《だいじょうぶ》です」と言ったきり、個室から出てこなかった。

お節介《せっかい》を承知で店員に水を貰いに行き、戻ってきた時にはすでにいなかった。仕方なく俺は水の入ったグラスを片手に自分のテーブルに戻ったが、店から出た時に再び西荻を見かけた。

『勿論お供致《いた》します』

体調が悪い事なんておくびにも出さず清々《すがすが》しい笑顔《えがお》で、取引先と思われる年輩《ねんぱい》の男と共に歩き出す後ろ姿を見て、流石《さすが》だと思った。成績が優秀だという話は以前、営業部の別の社員から聞いていたから妙《みょう》に感心した。がむしゃらに仕事に向かう姿勢は嫌いじゃない。ただ俺は仕事が人生の全てじゃないから、相容《あいい》れないだけだ。

西荻の企画書を、デスクの横の箱に入れる。一ヶ月後には廃棄《はいき》に回す予定の箱には、会議資料や廃案《はいあん》になったデザイン案が詰《つ》まっていた。それを横目に大きなヘッドフォンを頭に装着しながら、気に入った音楽の再生ボタンを押す。マリンバが奏《かな》でるアフリカンミュージックを聴きながら、会議で中断していた仕事を再開する。

休憩《きゅうけい》以外はデザイン部屋に閉じ籠もって就業時間までひたすら仕事をした。ようやく一段落着いて、珈琲《コーヒー》でも飲もうかと立ち上がった時に、外注のイラストレーターから「全体的なイメージを知りたい」というメールが届いた。

急ぎなので過去の成果物から類似《るいじ》するものをスキャンして送ろうと、会社の倉庫に向かう。倉庫にはあらゆる物が所狭《ところせま》しと納められていた。必要かどうか分からないほど大量の書類も、ファイリングされて並んでいる。その中から以前俺が制作に携わった広告が載《の》っている雑誌を取り出そうとしたが、一向に見当たらない。

一見整然とした倉庫の中はあまり整理されていないようだ。ジャンル別でなくていいから、せめて年代別には分けてくれと思いながら、箱の中を開けて雑誌を探す。

「何やってるんだ?」

不意に聞こえた声に振《ふ》り返ると、西荻が立っていた。

入り口付近にあった予備のカートリッジを手にしているから、それを取りに来たのだろう。

訝《いぶか》しげに俺を見ている男に「過去の雑誌を探しているんですが」と答えて、雑誌名と制作時期を告げる。西荻は俺が言い終わる前に、奥にあるキャビネットのガラス戸を開けた。

「そこの仕事は全部こっちに入ってる」

即座に目的の雑誌を探し出した西荻は「本当にちゃんと探したのか?」と咎《とが》めるように言って、俺に雑誌を差し出す。

「ありがとうございます。でも、別にさぼってたわけじゃないですよ」

それを受け取りながら苦笑《くしょう》する。確かに時間を無駄《むだ》にしたが、どうせ就業時間は過ぎている。残業代は元々付かない年俸契約なので、会社に損失はない。

俺の言葉を信用していない西荻に、「俺、西荻さんに何かしましたか?」と直接尋《たず》ねる。

「これから西荻さんが担当するクライアントの仕事をするに当たって、腹に何かあるとやりにくいと思うんで、不満があるなら今言ってください。直せるようなら直しますから」

西荻は一瞬《いっしゅん》視線を斜《なな》め下に落としてから、顔を上げる。

それから実に挑発《ちょうはつ》的な顔で「田辺さんが嫌《きら》いなだけ」と子供みたいな事を口にした。


夜のカフェで打ち合わせの序《つい》でにその話をすると、新聞社に勤める女性編集者は「相手、女の子ですか？」と小さく笑った。俺は苦い珈琲を飲みながら「男」と答える。

「でも、可愛《かわい》いですね。〃嫌い〃って。田辺さん、何て答えたんですか？」

打ち合わせで決まった事を分厚く大きな手帳に書き込みながら尋ねられ、俺は数時間前に西荻に向けて言った言葉を再び口にする。

「俺は西荻さんの事、好きですよ」

「器《うつわ》の大きさを見せ付けようとして無理しましたね」

俺の内心を見透《みす》かしたように笑う女性編集者に、「取引先なんで」と答える。

しかしまさかあんな事を言われるとは思わなかった。嫌いと言われて、思わず引きつりながら「好き」と答えた。それに対して、西荻は実に複雑そうな顔をしたから、俺はそれだけで満足だ。

「っていうか、相手西荻くんなんですね」

うっかり口にしてしまった相手の名前に、しまったと頭を掻《か》く。

取引先や同業者の話をする時はイニシャルトークすら避《さ》けていたのに、うっかり名字を丸々暴露《ばくろ》してしまった自分の迂闊《うかつ》さを悔《く》やむ。

今回の打ち合わせは広告会社とは別件の仕事なので、彼女が西荻と知り合いだとは思わなかった。狭《せま》い業界だから顔見知りでもおかしくないが、嬉《うれ》しくない偶然《ぐうぜん》だ。

「ここだけの話で」

「いいですよ。口止め料は仕事で払《はら》って貰《もら》いますから」

ふふ、と可愛らしい顔で笑う女性編集者を横目に、後で無理なスケジュールをねじ込まれそうだな、と懸念《けねん》しながらデザートで出されたスティック型のチーズケーキを口に運ぶ。

「でも、西荻くんってそんなイメージ全然ないなぁ。いつも年下とは思えないぐらい隙《すき》がないっていうか。インテリと体育会系の良いとこどりっていうか」

「随分褒《ずいぶんほ》めますね。照準合わせてるんですか？」

女性編集者は俺の質問にうふふと笑って「ちょっと若すぎるかな」と口にした。

「あと五年は熟成させておきたいな」

「そんな事してたら、青田買いされちゃいますよ」

「それで何度か失敗してます。でも、私は別に他人の物でも構わないんですけどね」

笑顔とは真逆の肉食系発言を聞き流して、自分が脱線《だっせん》させた話を本筋に戻《もど》す。

今回の仕事はデザイナーではなくイラストレーターとして受注する。こっちの仕事はデザイナーの副業程度の収入だが、絵を描くのは嫌いじゃないし、義理のある仕事相手からの依頼はそうそう断れない。それに繋《つな》がってるラインは細くても多い方がいい。

「資料要《い》りますか？　一応関連がある資料は後で送らせてもらいますけど」

「それで充分《じゅうぶん》です。必要になったら自分で集めますから」

「買うようなら教えてください。今厳しいから私の経費で落とさないと出ないので」

「分かりました」

そう口にしてからテーブルの上にあるモルディブの写真を見る。今回の仕事は新聞社が発行する海外挙式の特集雑誌で、俺は数頁にイラストを描く。例えばオーストラリアの一部の地域で行われている水中結婚《けっこん》式の様子や、ガーデンパーティの様子なんかをだ。

「それとこれは別件なんですけど、メキシコ辺りに腕《うで》のいいカメラマンがいたら紹介《しょうかい》して欲しいんですが、誰《だれ》か心当たりありますか？　女性記者の同行者を探してるんですけど」

「いいですよ。詳細《しょうさい》が決まったら教えてください。後で連絡《れんらく》とっておきます」

「助かります。田辺さんの人脈って、本当に宝ですよね。私もバックパッカーとかやっておけばよかったなぁ」

「女の人は結構危ないですよ。宿に泊《と》まった場合でも、安いところだと危ない目にあう人も多いし、治安が悪い地域だと普通《ふつう》に人通りのある路上で襲《おそ》われますから」

女性編集者は少し眉《まゆ》を寄せて「でも、そういう危ない目にあっても未《いま》だによく出掛《でか》けるんでしょう?」と口にする。俺は曖昧《あいまい》に「最近はそれほどじゃないですよ」と答えた。

以前は一年丸々日本にいるなんて考えられなかった。だけど今は昔ほど旅に対して情熱が傾《かたむ》けられなくなってしまった。

「特定の恋人《こいびと》ができてようやく落ち着いたんですか?」

からかうような視線に「そうかもしれませんね」と返して、打ち合わせを終える。

恋人の話が出て思い出したが、最後に会ったのは一月近く前だ。その時些細なケンカをして以来忙《いそが》しい事を理由に、お互い連絡を取っていなかった。

鞄《かばん》を手に店を出ると、久し振《ぶ》りに恋人の顔が見たい気分になり、思い立つままに、駅のホームに向かう。

年下の同業者である恋人の家は北千住《きたせんじゅ》の駅から徒歩で八分圏内《けんない》にある。将棋《しょうぎ》会館を抜《ぬ》けて南に向かうと、五階建てのマンションが見えた。エントランスの前には鉄製のアーチがあり、そこには大家の名前から取ったマンション名が掲《かか》げられている。

だけどそのアーチをくぐることはなかった。マンションから彼女と見知らぬ男が寄り添《そ》って出てくる姿を見掛《みか》け、連絡もせずに来たのを後悔《こうかい》した。

一瞬彼女と目が合った気がしたが、視線はすぐに逸らされた。大したタイミングだな、と思いながら止まっていた足を動かして駅の方に戻る。

俺に彼女を責める資格はない。そもそも少しも傷ついていない時点で、冷めていたのだろう。明確な別れを切り出さずに、他《ほか》の相手を選んだ彼女の事をルール違反《いはん》だと責めるつもりもなかった。知ってしまった以上けじめは付けたくて、その場で携帯《けいたい》に電話をしたが、繋がらない。

連絡を取るのを諦めて電車を使って自分の家に帰る。

俺の家は日暮里《にっぽり》の駅から徒歩十分圏内だ。二階建ての素《そ》っ気ない長方形の建物は、元々は生《き》地《じ》問屋が使っていた。そのため一階は倉庫、二階は事務所という具合になっている。

一階は空いているので、知り合いから荷物も預かっている。一階から二階には鉄製の階段がかかっている。所々錆《さ》び付き、踏《ふ》み板の面積も少ないので、急いで下りる時には注意が必要だ。

二階は元事務所なので、生活に必要なものが足りない。そのため工務店の友達に頼《たの》んで、ユニットバスを設置したり、カセットコンロをいくつか並べて簡易台所を作った。

面積は十八坪《つぼ》程度で仕切りはない。隅《すみ》には台所と風呂《ふろ》とトイレが並んでいる。引っ越《こ》してきた当初は広く見えたが、五年も経《た》った今となっては物が溢《あふ》れて狭くなった。収拾《しゅうしゅう》癖《へき》はないが、旅先で貰った物は、捨てられずに溜《た》まっていく。

靴《くつ》を脱《ぬ》いで電気を点《つ》ける。剝《む》き出しの蛍光灯《けいこうとう》が蛾《が》の羽音に似た音を出して光った。真っ先に目に飛び込んで来るのは、インドネシアの漁師から貰ったガルーダの仮面だ。玄関《げんかん》には木と鳥がモチーフのペルシャ絨毯《じゅうたん》が敷いてある。

放浪癖《ほうろうへき》は物心付いた頃《ころ》からあり、海外旅行は高校生の頃に金を貯めて行った中国が初めてだった。シルクロードを自力で渡《わた》ろうとしたが、考えが甘かった。言葉も通じず、田舎《いなか》に行くに従って交通手段も少なくなり、結局半分も進まないうちに引き返すはめになった。実際にシルクロードを端《はし》から端まで横断できたのは、二十一歳の時だ。最後の地を踏んだ時は達成感よりも疲労感《ひろうかん》の方が強かったが、帰りの船では気分が高揚《こうよう》して眠《ねむ》れなかった。

「あの頃は簡単な事で感動できてたのに、今じゃ恋人の浮気《うわき》にすら動じないもんな」

玄関の横にあるプラナカン仕様の重厚《じゅうこう》なテーブルの上にバッグを置く。履《は》いていたシューズを脱いで、そのまま裸足《はだし》で絨毯が敷き詰《つ》められた床《ゆか》を歩いた。正規の値段で買えば一枚二百から三百は下らない絨毯は、以前仲の良かったイラン人から譲《ゆず》り受けたものだ。

窓辺にあるベッドに近づく。窓は道路に面しているので、喧噪《けんそう》や電車の音が聞こえてくるが、繊細《せんさい》な質《たち》ではないので気にはならない。

それでもなかなか寝付《ねつ》けずに、ベッドサイドに置いたままのノートパソコンを引き寄せる。

ベッドの上に寝転《ねころ》がりながら、立ち上げてプライベート用のメールボックスを開くと、専門学校時代からの友人である畑《はた》夫妻から写真付のメールが届いていた。

『バンダービルトマンションに来てます。オッ君がはしゃぎすぎて警備員さんに怒《おこ》られました』

暖炉《だんろ》の前でコミカルなポーズを決めている友人の顔に思わず笑いが漏《も》れる。

送信日時は二週間以上前だ。元々メールや手紙の返信は遅《おそ》い方なので、送信者も返信は期待していないだろうと思いながら、検索エンジンにバンダービルトマンションと入力する。すぐに検索《けんさく》結果が表示された。その上位にQ&Aサイトが引っかかっている事に気付く。今まで存在を知りながらも利用した事はなかったが、暇潰《ひまつぶ》しに開いて見る気になった。

クリックするとバンダービルトをキーワードに、抽出《ちゅうしゅつ》された質問が並んでいた。見学の申し込み方法、交通手段、心霊《しんれい》写真についての質問が並ぶのを見て興味を覚えてそれらをクリックする。今まではQ&Aサイトといっても、人生相談が主だとばかり思っていたが、質問内容は多岐《たき》に亘っていた。中には「数学の宿題を手伝ってください」という物まである。回答者は「次は自分でやりましょう」と書きながらも、丁寧《ていねい》に解き方を解説していた。

「へぇ、宿題までやってくれるなんて、意外と使えるんだな」

再びトップページに戻ると、端の方に「優秀《ゆうしゅう》回答者」と題されてユーザー名が並んでいる事に気付く。何気なく見ていると、そこに見覚えのある名前を見つけた。

「ニシノ、ロボット」

声に出すと、どこで目にしたのか思い出す。先日会社のメールサーバが一時的に使えず、西荻が携帯からフリーメール経由で俺に企画《きかく》内容の資料を送って来た時のアドレスが「nishinoRobot」だった。何故《なぜ》ロボットなのかと気になったから、よく覚えている。

思わずクリックすると、ニシノロボットの情報が表示された。

優秀な回答には花丸が付くらしく、ニシノロボットのページには花丸率90%と書かれていた。プロフィールやアイコンは無記入だったので、とりあえず最新の回答をクリックする。質問者の名前はオタノブナガだった。

『質問：サッカーのゴール前の線には何の意味がありますか？　ゴールから遠い方のやつです』

『回答：キーパーがボールを持ったまま、敵陣《てきじん》に走って行かないためにあります』

思わずそれに笑い、二つ目の回答をクリックする。

『質問：友人が母国では虫を食べていたらしいのですが、皆さん理解できますか？　私はムリ!!』

『回答：先日口にした、ローヤルゼリーの事を思い出してください』

その他にもいくつか読んだが、ニシノロボットの回答はユーモアがある物が多く、気付けば最新五件の回答を全《すべ》て読み尽《つ》くしていた。そんな中で印象に残ったのは、無職の質問者に対する回答だった。

『質問：四十代でニートだ。終わってるだろ。一度も働いた事がない俺は超《ちょう》負け組』

『回答：人生の勝ち負けを、決めるのはあなた自身です。ただ、その判断を下すのは五十年後にしてみませんか？　だって、まだ挑戦《ちょうせん》してない事がたくさんあるんでしょう？』

押し付けがましいわけでもなく、説教臭《くさ》いわけでもない。気遣《きづか》いと笑いの混じった文章は心《ここ》地《ち》よく、ニシノロボットの人柄《ひとがら》が滲《にじ》み出ている。

「西荻じゃないな」

色々な人間の文章を読んできたから、言葉遣《ことばづか》いや話の組み立て方で大体どんな人間が書いているか分かる。例えば形容詞が多ければ女、断定口調が多ければ男である可能性が高い。馬鹿《ばか》やクズ、という汚《きたな》い言葉を好むのは子供か、欲求《よっきゅう》不満の大人が多い。

統計的に考えてニシノロボットと西荻は別人だと推定できる。ニシノロボットは馬鹿みたいな質問にも丁寧に誠意を持って答えていた。回答にはポイントが付くが、換金《かんきん》できるシステムはないらしく、特にメリットはない。

なのに丁寧な回答が並ぶのを見て、見ず知らずの相手に好感を持った。

「たぶん、三十代か四十代の男だろうな」

恐《おそ》らく子持ちだと考えながら、Q&Aサイトを閉じて友人にメールを送る。

返信は意外にもすぐに来た。

『今度の婚約《こんやく》記念日に家でガーデンパーティをやるから、日本にいるなら絶対来てね』

そんなメールに視線を落としながら、枕《まくら》に半分顔を埋《うず》めて返信する文章を考える。

世界中を旅するのが好きだった。専門学校を卒業して二年間はバックパック一つで世界を渡り歩いていた。子供の頃から、俺はきっと一生旅に取り憑《つ》かれて生きるんだろうと思っていたが、最近は海外に行きたいという焦燥《しょうそう》に似た欲求は感じない。去年の旅行だって、友人の結婚《けっこん》式と古い友達に挨拶《あいさつ》したら、もうそれだけで満足してしまった。

いつの間にか情熱が薄《うす》れて、気付けば毎日をそれとなく生きている。昔のような感動を取り戻《もど》したいと思いながら、そのために動こうとは考えていなかった。

「だからって、恋人《こいびと》に浮気されても怒《いか》りすら湧《わ》かないって、どうよ」

溜息《ためいき》混じりにベッドの中に沈《しず》む。まるで余生のような人生に少しだけ失望した。


午前中の仕事の打ち合わせを終えて会社に戻り、デザイン部に入ると、俺以外のデザイナーがみんな机の周辺を整理していた。

「何してるんだ？」

額に汗《あせ》して段ボールを運んでいる同僚《どうりょう》の末松《すえまつ》にそう尋《たず》ねると「近所の大学の生徒が生の制作現場の見学に来るんですって」と迷惑《めいわく》そうに口にする。

「見学？」

「副社長の出身校のゼミ生らしいわ。午後に押し掛《か》けてくるって。なんで前日に言わないのかしら」

嫌《いや》そうな口調で言った後に、足音も荒《あら》く出ていく。ウェブ関係のデザインを引き受けているチコちゃんが「副社長がデザイン部だけでも綺麗《きれい》にしろって言ったんです」と説明してくれる。

制作部を整理整頓《せいとん》するのは無理だと諦《あきら》め、デザイン部にターゲットを絞《しぼ》ったらしいと聞いて俺も机周りを整理したが、元々デザイン部はそれほど汚《よご》れていない。

戻ってきた末松が棚《たな》やデスクの上を拭《ふ》けば、それで終わりだ。

末松は失った時間を取り戻すように、猛然《もうぜん》とパソコンに向かう。昼休憩《きゆうけい》を挟《はさ》んで午後になると、十人程度の学生がぞろぞろと会社にやってきた。自分の後輩《こうはい》達に職場を見せて回る副社長を横目に、俺は工藤さんとオフィスの隅《すみ》にあるソファスペースで簡単な打ち合わせをする。

「協賛が増えるかもしれないから少しスペースに余裕《よゆう》みて欲しいんだよね。で、コピーが入るって話だったけど、それ止《や》めて代わりにイラスト少し大きくして、テキストは三段組で……」

打ち合わせの最中に学生に覗《のぞ》き込まれ、一瞬《いつしゆん》工藤さんは言葉を詰まらせながらも「フォントちょっと大き目でお願いしたいんだけど、それだと何字ぐらい入るんだっけ？」と続ける。

「千二百字です」

「じゃあイラストもう一つぐらい入るかなぁ。今のところ千字程度で纏《まと》めようと思ってるから。イラストレーターさんに追加でもう一カット頼《たの》んでもらっていいかな」

俺達の打ち合わせを興味深げに見ている学生に居心地《いごこち》悪げにしながら、工藤さんはさりげなく社外秘の情報が書かれた書類をレイアウト図の下に隠す。

「じゃあ、俺が後でお願いしておきます」

手帳に簡単にメモを取って顔を上げると、いつの間にか情報システム部の方に移った学生と目が合う。向こうが怯《おび》えた顔をしたので、仕方なくへらっと笑顔《えがお》を作ると、大学生は小さくお辞儀《じぎ》を返して慌《あわ》てたように背を向ける。

俺の笑顔の胡散臭《うさんくさ》さは高校生になる弟からもお墨付《すみつ》きを貰《もら》ってる。弟曰《いわ》く「なんかヤバイもん、売りつけられそう」だそうだ。

「おい、学生に粉かけるなよ」

「人聞き悪い事言わないでくださいよ」

女ならまだしも、相手は男だ。粉もなにもない。確かに過去に男相手の経験もあるが、最近は女しか相手にしていない。節操なく食い散らかすほどのやる気は既にない。

「でも最近の子は凄《すご》いね。あの茶髪《ちゃぱつ》の子なんて昼休みに西荻さんにアタックしてたよ？　逆だとセクハラ問題だけど女の子からなら何の問題もないって、男の方が人生損してるよな」

見学者グループに茶髪は何人かいたが、恐らくその中で一番肌《はだ》の露出《ろしゅつ》の多い子だろうと当たりをつけて眺《なが》めていると、予想を肯定《こうてい》するように彼女の視線がオフィスの入り口付近にある西荻のデスクに向けられる。

「西荻さんもてそうですもんね」

見学者グループがデザイン部の部屋に移動するのを見ながら、レイアウト図の右下辺りに「イラスト追加」と書き込む。

「でも付き合ってる女がいるらしいけどな」

「工藤さん詳《くわ》しいですね」

「だって西荻さん、未婚《みこん》なのに指輪してるだろ。田辺くんて、本当にそういうの関心ないよな。洞察《どうさつ》力はどんな仕事でも大事だぞ」

「洞察力はたぶん低いですね。彼女に浮気《うわき》されてるのも気付かなかったぐらいですから」

笑い話として口にしたが、工藤さんは口元を引きつらせただけだった。

工藤さんとの打ち合わせが終わるのと、デザイン部から学生が出てくるのはほとんど同時だった。それを見て俺はデザイン室に戻る。足を踏《ふ》み入れた瞬間《しゅんかん》、末松からじとりと睨《にら》まれた。

「逃《に》げてたでしょ」

胡散臭いと言われる笑みで誤魔化して、自分のデスクに戻ると末松が溜息を吐《つ》いた。

「副社長がいなくなった途端《とたん》に西荻さんの事ばかり訊《き》いてくる子がいて、やる気なくしちゃった」

「茶髪の子?」

「そうそう。なんで知ってるの?」

「工藤さんが、西荻さんを気にしてる子がいたって言ってたから」

「西荻さんの反応は?」

そう聞かれて肩《かた》を竦《すく》めると「使えないわね」と怒《おこ》られる。

「やだなぁ、西荻さん彼女と別れたばかりだから、あんな可愛《かわい》いだけの子に興味持たないとい

いけど」

その言葉に驚《おどろ》いて「彼女と別れたばかりなのか？」と尋ねる。今日はやたらと西荻の情報ばかり入ってくる気がする。

「うん。先週末に大学時代から続いてきた彼女と別れてる」

「なんでお前が知ってんの？」

俺の疑問に末松は「私の友達の妹が西荻さんの彼女」と簡潔に答える。

どうやら世間は狭《せま》いらしい。今までも西荻の情報には詳しいと思っていたが、まさかそういう繋《つな》がりがあるとは知らなかった。

「どっちから別れを切り出したのかは知らないけど、相当落ち込んでるらしいよ。たまに見せる憂《うれ》い顔はそれが原因なのかも。ベッドでじっくり慰《なぐさ》めてあげたいわ」

何故《なぜ》俺の周りの女性は狩猟《しゅりょう》本能に溢《あふ》れたタイプばかりなのかと、残念になる。大和撫子《やまとなでしこ》に対する憧《あこが》れはないが、できれば性欲はオブラートに包んで欲しい。下ネタに赤面しろとは言わないが、せめて素面《しらふ》で下ネタを口にするのは止めて貰いたい。反応に困る。

「俺もこの間彼女が浮気してる場面に遭遇《そうぐう》した。ベッドで慰めてくれる？」

引いたのを誤魔化《ごまか》すために茶化《ちゃか》すと、チコちゃんが「セクハラです！」と口にした。確かに、工藤さんの言う事は正しい。俺たち男は確実に損している。

恋愛の話題で盛り上がっている二人を後目《しりめ》に仕事を再開すると、しばらくして西荻から内線が入った。

『送ってもらったデータが崩《くず》れてる』

苦情を受けて、送信したデータを再度確認《かくにん》したが特に問題はない。原因が分からないので、営業部の方に出向くと西荻は相変わらず不信感たっぷりの顔で俺を見る。

「西荻さんのパソコンが新しいバージョンに対応してないのかもしれないですね」

「じゃあ、対応できるように作り直して」

簡単に作り直せと言うが、新バージョンにしかない機能で制作しているので、作り直すのはかなり手間がかかる。実際制作会社には俺の方の高いバージョンで送るので、いちいち西荻が確認するためだけに制作し直すのは、無駄骨《むだぼね》にしか思えない。

「今はちょっと無理です。プライオリティ低いんで」

「面倒《めんどう》だからって後回しにされると、こっちも困る。今日中に俺の方でも確認できるものを作って持って来い」

その言い方に腹が立って反論しようとしたところで、会社の電話が鳴った。西荻宛《あて》だったらしく、受話器を上げてすぐに様子が変わる。珍《めずら》しく焦《あせ》っているのを見て、トラブルがあったらしいと気付く。

長くなりそうな気配に一旦《いったん》デザイン室に引き上げた。一度自分のデスクに座ると要は成果物だけ確認できればいいのだろうと冷静になり、多少データをいじって一般《いっぱん》的な拡張子に変えて再度西荻にデータを送る。トンボは裁ち切りになってしまうが、デザインは問題なく見えるはずだ。

あっさりと問題が解決したので、早めの夕食をとるためにデザイン室を出る。

オフィスを通り抜《ぬ》けようとすると、西荻はまだ電話を手にしていた。社内の雰囲気《ふんいき》もどことなく緊迫《きんぱく》しているように感じる。不安げな顔で西荻を見ていた工藤さんに「何があったんですか？」と尋《たず》ねると、工藤さんは疲《つか》れた顔で「やばいんだよ」と口にした。

「出版社のキャンペーンでイメージキャラクターを描《か》くイラストレーターが、強制猥褻《わいせつ》罪で捕《つか》まったんだって。それで企業《きぎょう》側が同レベルのイラストレーターが押さえられないなら、もううちには頼《たの》まないって怒ってるんだけど、急に言われてもなぁ」

そう言われて、中規模の出版社が「読書の秋」に行うキャンペーンの案件を思い出す。対象商品の購入者《こうにゅう》にイメージキャラクターのついたグッズがプレゼントされるという企画《きかく》で、大物のイラストレーターを押さえていたはずだ。一シーズンだけでなく、好評なら来年再来年と続く企画なので、会社に入る利益は大きいと聞いた。確か、西荻が取ってきた仕事だ。

「同レベルのイラストレーターって、例えばどんなのですか？」

問いかけると、工藤さんは「前に挙がってた候補はこれ」と、企画書《きかくしょ》を見せてくれた。

そこに見覚えのあるイラストレーター名を見つける。しかし名前には×印がついていた。

「これ、なんで駄目なんですか？」

「断られた。若い女の子に凄い人気があるから、取れたらかなり話題性はあったんだけどね」

弱り切った顔で呟《つぶや》く工藤さんに「訊《き》いてみましょうか？」と尋ねる。

「訊いてみるって、もう断られてるよ」

苦笑する工藤さんを横目に、俺はその場で専門学校時代からの友人のタツミに電話を掛《か》ける。

簡単に事情を話すと、タツミは「ギャラは良いんだけど、俺、今忙《いそが》しいんだよね」と渋《しぶ》った。

「半年前に貸しがあるだろ」

パスポートの関係で出国できずに止《や》む無く友人の結婚式を欠席したタツミの代わりに、俺が急遽スピーチした時の事を持ち出す。

『えー……半年前の貸しってもう時効じゃん』

「三ヶ月前にも貸しがあったよな」

三ヶ月前、結婚式を挙げた友達夫妻の新築お披露目《ひろめ》で、珍しく酔《よ》いつぶれた時の事を持ち出す。酔ったタツミがタクシーで吐いたので、運転手には俺が謝り、運賃の他《ほか》に迷惑《めいわく》料を払《はら》った時の事は、今も鮮明《せんめい》に覚えている。

『…………じゃあ、話だけ聞くけど、期待しないでよ。とりあえず今仕事中だから、三十分後に仕事用の番号に担当者から連絡《れんらく》もらっていい？』

「分かった」

電話を切ると、がしっと工藤さんに腕《うで》を摑《つか》まれた。

「今のって、もしかしてイラストレーターの辰巳《たつみ》達也《たつや》？　田辺くんの知り合いなの？」

「専門の同期です」

そう答えると、途端に工藤さんが万歳と手を上げる。

タツミは専門時代から友達のグッズ製作を手伝っていた。ＣＤのジャケットやチケットやポスター。無料どころか、制作費は自腹を切っていたらしい。その友達がメジャーデビューして、チャートの上位に名前を連ねるようになった今も、タツミは彼等のグッズを手がけていた。現在では人気者になった彼等と同じく、タツミもイラストレーターとして注目されている。

「辰巳達也と知り合いだって、もっと早く言ってくれたらよかったのに！」

「いや、あいつ我が儘なんで、もしかしたら無理かもしれないですよ。あとは西荻さんと工藤さんが説得してください。もしあいつが断ったら、他《ほか》の連中にも聞いてみますよ」

そう言って企画書に並んでいる別の名前に視線を落とす。

「他にも知り合いがいるのか。確かにフリーランスにはフリーランスの繋がりがあるもんな」

感慨《かんがい》深げに、工藤さんが呟く。

フリーランスの仕事は会社という組織に守られていない分、自分の身は自分で守らなきゃならない。だからこそ横の繋がりは意外と大事だ。助け合いというより、互恵《ごけい》的利他主義に近い。

「最近よく思うんだけどさ、こういうのって昔流行《はや》ったトレーディングカードゲームに似てるよな。仮に名刺《めいし》を交換《こうかん》しても、こっちのレベルが高くないと召還《しょうかん》できなかったりするしさ。辰巳達也レベルのスケジュール、俺は簡単に押さえられないもん」

そんな工藤さんに、タツミの仕事用の番号を教えて、三十分後に連絡するように頼んでから、俺は今度こそ夕食を食べるためにオフィスを出た。

夕食はステーキ屋にした。

美味い牛肉に満足して会社に戻《もど》ると、西荻はまだ受話器を手にしていた。俺に気付いた工藤さんが「辰巳達也のオッケーが出て、今先方にそれを伝えてるところ」と教えてくれた。

「良かったですね」

「……田辺くんて、そういうのさらっとやっちゃうよね。もっと恩着せがましくてもいいのに」

工藤さんの言葉に肩《かた》を竦《すく》める。恩着せがましくも何も、俺は電話を掛けただけで、それ以外は何もしていない。

「さっき西荻さんにメール送ったんで、手が空いたら確認して貰《もら》うように伝えてください」

アトリビュートかと思うほど常に電話を持っている西荻を見て、工藤さんに伝言を頼んでから デザイン室に戻った。すでにデザイン室には誰もいない。

女性陣は残業嫌《ぎら》いだ。特に末松は社内に長時間いる事を良しとしない。その分家で仕事をしているらしいが、反対に俺はできる限りここの仕事は家に持ち帰らないと決めている。

いつものように耳当たりは良いが重いヘッドフォンを装着し、溜《た》まっていた仕事を再開する。一時間程経《た》った頃《ころ》に背後にそれまでなかった人の気配を感じ振《ふ》り返ると、西荻が立っていた。

「あれ？　何か用ですか？」

「メール、見たから」

「ああ、どうでしたか？　特に問題ないと思いますけど」

俺の言葉に西荻は「問題ない」と口にして、所在なげに髪《かみ》を搔《か》き上げる。

その左手には確かに細身の指輪が嵌《はま》っている。

「何？」

西荻が簡潔な言葉で俺の視線の意味を問う。相変わらず俺に対しては不遜極《ふそんきわ》まりない態度だ。

営業用が特別とはいえ、西荻は社内の人間にも無礼な態度は取らない。社歴は西荻が上でも、年上の工藤さんには敬語を使っているし、仕事に関しては厳しいが年下のチコちゃんにも普段《ふだん》は気遣《きづか》いを見せている。こんな態度を取るのは俺に対してだけだ。女性編集者の言うように可愛《かわい》いと思えたら楽なんだろうが、と苦笑《くしよう》しながら「他にはなにか？」と問い返す。

西荻はしばらく黙《だま》ったままだった。それから「それ、何？」と口にする。

西荻の視線の先を辿《たど》ると、パソコンの横にある三角錐《さんかくすい》のアクリル製のカードスタンドが目に入る。挟《はさ》んであるポストカードにはアメリカの地方都市が切り取られている。

「サンタフェです」

専門時代に訪れたサンタフェは長閑《のどか》で市街地を少し離《はな》れれば雄大な自然が広がる美しい場所だ。

「ふーん」

自分から尋《たず》ねた癖に、西荻は興味なさそうに相槌《あいづち》を打つ。

このまま沈黙《ちんもく》するのは避けたかったので聞かれてもないのにサンタフェの事を語る。

アーティストが多い街だとか、そこで買ったトルコ石を洗ったら色落ちした事など。

「インスピレーションが鈍《にぶ》った時に、昔行った場所の写真を見返すんですよ。サンタフェだと、真っ先に思い出すのは何故《なぜ》かビガスなんですけど」

写真に写り込んだ建物を見ながらそう口にすると、西荻は「ああ、ビガスね」と呟いた。

それから西荻は俺が今担当している仕事の進行状況《じょうきょう》を確認《かくにん》してから、部屋を出ていく。

いつも問題が無ければ内線電話か社内メールでその旨《むね》を通達してくるだけだ。わざわざデザイン室まで来て俺と雑談したかったとは思えない。

もしかして俺がさぼってないかわざわざ確かめに来たのだろうか。

いくら気に入らなくても、そんな小姑《こじゅうと》のような真似《まね》はしないだろうと首を傾《かし》げながら、仕事を終えて帰宅すると、友人から携帯《けいたい》にメールが入った。

『パソコンの方に招待状を送ったのでご確認ください』

他人行儀《たにんぎょうぎ》なメッセージに疑問を覚えながらも、ノートパソコンを立ち上げる。

私用のメールボックスにはURLが記入されただけのメールが来ていた。

送信者はVFXデザイナーである友人の畑オサムだ。

プロの技術を無駄遣《むだづか》いしたアニメーションで「私、畑オサムと妻、畑ミカの婚約《こんやく》記念式典が当家で開催《かいさい》されます」と書かれている。日時の下の参加条件には「綺麗《きれい》な物を持参」とあった。

専門時代の親しい仲間に一通り送られているそれを見ながら、久し振りに仲間と会うのも良いだろうと参加条件の綺麗な物を考える。花でいいかと思ったが、どんな花が良いのか思いつかずにパソコンの前で固まっていると、不意にあのQ&Aサイトの存在を思い出す。

「女性に贈《おく》る花」で検索《けんさく》をかけると、質問や回答が一覧で表示された。

オーソドックスな薔薇《ばら》やカラー、ガーベラなどが回答に並んでいる。しかし考えてみると「綺麗な物＝花束」は発想が貧困な気がする。今度は「女性へのプレゼント」で探してみたが、表示されるのは「指輪」「花束」「ブランド物」だった。婚約記念日に俺が指輪を贈ったら、誤解が生じて離婚《りこん》記念日になりそうで怖《こわ》い。いやその前に、夫に刺《さ》されかねない。

「とりあえず保留だな」

そう呟《つぶや》いて、訪問履歴《りれき》からニシノロボットのページに飛んでみる。

先日と同じく回答一覧が並んでいるが、その横には質問一覧も並んでいた。最新五件が表示されるらしいが、質問は一つしかない。何となくクリックしてみる。

『質問：ビガスとはなんでしょうか？　サンタフェに詳《くわ》しい方にご回答頂けると幸いです』

その質問に噴《ふ》き出す。ニシノロボットと西荻が別人だとしたら凄い偶然《ぐうぜん》だ。あるわけがない。デザイン室では理解しているような様子だったが、知ったかぶりしていたのだろう。

ビガスは確かにメジャーではないから、検索しても上手《うま》く出なかったのかもしれない。

『回答：ビガスとはプエブロ様式の建物にある、外壁《がいへき》から付きだした梁《はり》の事です。丸太の雲梯《うんてい》みたいに見えるやつです』

サンタフェ在住と書かれた日本人からの回答には、写真まで添付《てんぷ》されていた。

「俺に訊《き》くのはプライドが許さなかったのか」

尾《お》を引く笑いを鎮《しず》めながら西荻の幼稚《ようち》な部分を知り、はじめてあの男を可愛いと思えた。


その日以来、俺は西荻との会話にわざと認知度の低い単語を混ぜ込んだ。

以前なら西荻は雑談になんて応じなかっただろうし、俺も話しかけようと思わなかった。

けれどタツミとの橋渡《はしわた》しをして以来、西荻の態度は徐々《じょじょ》に軟化《なんか》している。

俺がマイナーな単語を口にしても西荻は知らないとは言わないし、聞き返す事も無いが五回に一回は、サイトに質問を投稿《とうこう》していた。しかし検索しても正答に辿り着けない単語というのは、いざ探すと難しい。いっそローカルネタに切り替《か》えようかと考えていると、末松に「何深刻な顔をしてるのよ？」と訊《き》かれる。

西荻で遊んでいるとは言えず、「友達の婚約記念日に贈る物を考えてた」と嘘《うそ》を吐《つ》く。綺麗な物を持参しなきゃならなくて、と誤魔化す。

「友達の婚約記念日って祝ってあげるものなの？　花でいいんじゃない？」

「ありきたりだろ？」

「ありきたりを嫌《きら》うのって、デザイナーの職業病よ。奇《き》をてらいすぎると失敗するわよ」

確かにその通りだが、どうせ贈るなら何か印象に残る物がいい。

悩んでいると、デザイン室に西荻が入って来た。

「末松さん、午後の会議に参加して貰《もら》えますか？　改善要求がいくつか挙がって来てるんですが、それに関して納期も含《ふく》めた意見が欲しいので」

「分かりました。あ、西荻さんなら友達の婚約記念日に何を贈りますか？」

「婚約記念日……ですか？」

僅《わず》かに西荻が表情を曇《くも》らせる。就業時間中に雑談を振《ふ》るなと思ったのかもしれない。俺が話を振るのは休憩《きゅうけい》時間や、残業中がほとんどだ。ただでさえ西荻には真面目《まじめ》に仕事をしていない印象を持たれているのに、無駄口《むだぐち》を叩《たた》いていたという決定打を押すのは避《さ》けたい。

「今度、田辺の友達の婚約記念日があるらしくて。持参物が〝綺麗な物〟みたいなんですよ」

そう説明した末松に対して、西荻は俺の懸念《けねん》を余所《よそ》に特に苦言を呈《てい》するわけでもなく、「奥様の似顔絵で良いんじゃないですか」と答えた。

「似顔絵ですか？」

意外な提案を聞き返すと、西荻は「だって、綺麗な物なんでしょう?」と口にする。

末松は「やだー、西荻さんってそういう事女の人に言っちゃうんだ」と笑いながら、その意見に賛成した。今まで会話に参加していなかったチコちゃんでさえ「西荻さんて、付き合ったら甘い台詞《せりふ》たくさん言ってくれそう」とうっとりしている。

いやいやいや、それは西荻の容姿だからこそ受け入れられる台詞の一つだ。西荻なら「君の瞳《ひとみ》に乾杯《かんぱい》」というバブル期の台詞だって引かれないだろう。その顔の良さなら、初対面の女相手に「やりたい」とストレートに口にしても許されるかもしれない。

「俺がそれを言ったら、冗談《じょうだん》じゃなく夫の方に浮気《うわき》を疑われる」

「じゃあ、旦那《だんな》の方も描《か》けばいいじゃないですか?」

「夫の方は西荻さんほど綺麗な顔してないですよ」

オサムは良い奴《やつ》で、妻を心底愛する姿は尊敬に値《あたい》するが、外見で女が寄って来るタイプじゃない。

「綺麗なのは二人の愛だって事にして」

そうくるか。伊達《だて》に高い営業成績を誇《ほこ》ってないだけある。

「絵ですか」

簡単なカット程度はパソコンで描いているが、本格的な絵は仕事でもプライベートでも最近はほとんど描いていない。

乾《かわ》いていない状態では渡《わた》せないので期間的に油絵は無理だが、鉛筆《えんぴつ》では華《はな》がない。そうなると水彩《すいさい》だが、道具をどこに仕舞《しま》ったか思い出せない。

「無理な提案をしてすみません。絵が描けないデザイナーって意外に多いんですよね」

悩《なや》んでいる俺を煽《あお》るように、ぽつりと西荻が呟く。

雑談はするが、前にも増して西荻が突《つ》っかかって来るようになった。ファックコミュニケーションだとは思うが、つい俺もむきになって「アドバイス通り、絵でいきますよ」と答える。

その日、家に帰って真っ先にしたのは水彩道具の捜索《そうさく》だった。物が多すぎる部屋からはなかなか見つからず、粗方《あらかた》ひっくり返した後で、倉庫に仕舞ったことを思い出した。

仕方なく懐中電灯《かいちゅう》を片手に倉庫に下りて、階段脇《わき》の鉄骨に着けられているスイッチを押す。前の持ち主が節電をしていたらしく、何本か蛍光灯《けいこうとう》が抜《ぬ》かれているせいで倉庫内は薄暗《うすぐら》い。

奥の棚《たな》にある段ボールを探《さぐ》っていると、昔自分がライターとして関《かか》わっていた雑誌を見つけた。読み返す気もないのに、捨てられないそれから目を逸《そ》らして、ようやく探し出した水彩道具を手に階段を上る。

実質的な作業時間は一時間程度で終わった。乾いていないそれを見ながら、後は適当にシャンパンでも付ければ手土産《てみやげ》としては上等だろうと、筆と絵皿を片づける。

「でも、酒は被《かぶ》る可能性が高いな」

専門時代の仲間のほとんどが酒豪《しゅごう》だ。確認《かくにん》した方がいいと思い、仲間に何を持参するのか尋《たず》ねるメールをパソコンから送った後で、ニシノロボットのページを開く。分からない言葉を質問する所が面白《おもしろ》いと思っていたが、最近はニシノロボットの回答を見るのも好きだった。西荻の文章は温かい感じがするので気に入っている。男が書いた文章にここまで惹かれたのは初めてだ。さすがに常日頃《つねひごろ》、営業用の文章を書いているだけある。

しかし新しい回答はない。それを確認してページを閉じようとした時、質問が表示された。

『質問：好きな人を忘れるにはどうすればいいですか？』

その質問を見て、西荻が「婚約記念日《こんやく》」という言葉を聞いて表情を曇らせた時の事を思い出す。西荻は未《いま》だに指輪を外していない。装飾品《そうしょく》を職場に着けてくるタイプだとは思えないから、もしかしたら婚約指輪だったのだろうか。

何か答えてやりたくて、思わず回答ボタンを押す。すると、エラーメッセージが表示された。

『ユーザーが質問を取り消したため、回答の記入画面に移れません』

ニシノロボットのトップページに戻《もど》ると、先程《さきほど》の質問は跡形《あとかた》もなく削除《さくじょ》されている。

「こんな所ですら素直《すなお》に訊けないのか」

見ず知らずの相手にさえ真情を吐露《とろ》できない西荻を気の毒に感じた。それだけ傷が深いのかもしれない。末松の情報が正確なら、少なくとも三年以上付き合っていた事になる。

俺が浮気されたのは半ば自業自得《じごう》だし、付き合った期間も長くない。元々恋人《こいびと》に対する執着《しゅうちゃく》が低かったから心は痛まなかった。しかし西荻は違《ちが》うのだろう。

結局それ以降、ニシノロボットの質問が投稿されることはなかった。

パソコンを閉じて、一体自分はなんて答えようとしていたのかと考える。

けれど、ふさわしい回答は見つからなかった。


桜の季節は、市ヶ谷《いちがや》から中央線と外堀《そとぼり》沿いを一駅分歩くのが日課だ。

午後は混《こ》むが、早朝ならそれほどではない。桜の下には花見用のブルーシートが敷《し》かれ、社名がガムテで貼《は》られていたり、新入社員と思《おぼ》しきサラリーマンが暇潰《ひまつぶ》しを手に座っていたりする。

花見をしながら会社に向かうのは、気分転換《てんかん》に良い。緑に濁《にご》った外堀に溜《た》まる水面が華やかに染まる風景や、落ちていった花びらが電車の風圧で再び舞《ま》い上がる様に心が和《なご》む。

だけどその花吹雪の向こうに、西荻を見掛けて我に返った。

数歩先を行く西荻に気付かなかった振りをしようと思っていると、視線を感じたのか西荻が振り返る。その時ばっちり目が合ってしまった。

「おはようございます」

声を掛けると、西荻が微妙《びみょう》な顔をする。この偶然《ぐうぜん》を決して喜んではいない、という表情だ。

「今日、良い天気ですね」

少し風は強いが、気温は高いし雲も晴れている。足を止めた西荻に近づき、当たり障《さわ》りのない会話を振って、手に持った抹茶《まっちゃ》ラテを飲む。

横に並んで歩き出すと、西荻は耳にしていたイヤフォンを外す。

「靖国《やすくに》もあるし、市ヶ谷は花見に良いですよね。うちの方も、桜は綺麗《きれい》ですけど」

「田辺さん、日暮里《にっぽり》だったよな。日暮里に、花見が綺麗な場所ってあったか？」

西荻が俺の住んでいる場所を知っているのは意外だった。

「駅の近くにありますよ。場所取りしなくても空いてるし、特に夜はライトアップされるから幻想《げんそう》的で綺麗ですね。この世とは思えないような美女に会える可能性もありますし」

「そんな所、日暮里にあったか？」

「南改札を西に行ってすぐの階段を上って、道なりに行くと見えますよ。谷中霊園《やなかれいえん》っていう」

「墓地かよ。そんな場所じゃ花見する気にならねぇよ」

「幽霊嫌《ゆうれいきら》いなんですか？」

「普通《ふつう》に嫌《いや》だろ、墓地なんて」

至極《しごく》当然のように西荻は言うが、花はどこに咲《さ》いていても美しさは変わらないと、桜を見上げる。

遊歩道は橋に通じる道路のせいで、一度途切《とぎ》れていた。車の隙間《すきま》を狙《ねら》って渡り、再び遊歩道に上がる。大学や病院を横目に、桜の下を歩き出す西荻は疲《つか》れているように見えた。

「田辺さん、いつもここ歩くのか？」

「気が向いた時に。今日は天気も良いし、早く起きたんで。西荻さん、家反対方向ですよね？」

確か恵比寿《えびす》方面だと工藤さんから聞いた気がする。

「近くに友達の家がある」

泊《と》まったという事だろう。その割りにはスーツに皺《しわ》はなく、シャツもプレス済みに見える。

「西荻さんて、女の友達多そうですよね」

シャツやスーツが整っている理由を邪推すると、西荻は「嫌《いや》みかよ」と言う。

「田辺さんの方が、見るからに下半身の緩《ゆる》そうな女の友達が多そうだけどな」

含《ふく》みのある口調にむっとして「西荻さんの友達って同学年か年下でしょう？」と指摘《してき》する。

「それがなんだよ」

「年上より年下に好かれそうだと思ったので」

「……生意気だって言いたいわけか」

なるほどな、という様子で西荻は頷《うなず》いてから「田辺さんは真面目《まじめ》な人間には好かれないだろ。適当に仕事してるから」と仕返しのように口にして、先程よりも少し速く歩く。

確かに友人の結婚《けっこん》式を理由に仕事を断ったが、それをいつまでもしつこく言われるのには腹が立つ。苛立ったまま「西荻さんは俺なんかと違って、真面目に働く優秀《ゆうしゅう》な営業ですよね。クライアントの無茶苦茶《むちゃくちゃ》な要求を通すために、平気で制作に無理させる所とか」と当てこする。

以前馬鹿《ばか》な理由で納期が前倒《まえだお》しされ、制作部全員が連日徹夜《てつや》になった件を引き合いに出すと、西荻は「営業は仕事を取ってくるのが仕事だ」と言った。

「制作は限られた納期で良い物作るのが仕事だろ。時間が無尽蔵《むじんぞう》にあったら素人だってそれなりの物は作れる」

「でも営業も、クライアントの要望だけを聞くのが仕事じゃないですよね。先方の無理な要求を上手《うま》く抑《おさ》えるのも営業の仕事だと思いますけど。ガキの使いじゃないんだから」

クライアント優先で納期を前倒しにする西荻には、前から不満を抱いていた。納期はフィックスで要望だけ増える事もある。制作に携《たずさ》わらない営業の人間から見て一見簡単な作業でも、ベースの部分で変更《へんこう》があれば作業時間に大きく変化が出る事を、いい加減理解して欲しい。

「ガキってなんだよ」

「こっちだってアマチュアじゃないですよ」

下からぎっと睨《にら》み付けてくる顔を見て言い過ぎたかと思ったが、撤回《てっかい》する気はない。

足早に歩き去るような、子供じみた真似《まね》はしなかったが、お互い無言のまま会社が近づく。

花見で和んだ気分が台無しになったが、それは西荻も同じだろう。

最近は以前よりも話をするようになっていたが、コレで関係はかつて無いほど悪化するかもしれないと思いながら、温《ぬる》くなった抹茶ラテを飲み干す。

しかし朝にそんな事があっても、あからさまにお互いを避《さ》けるような事は勿論《もちろん》しない。だから態度に出したつもりはなかったが、ミーティングに参加した工藤さんはすぐに異変を悟《さと》った。

「なんか……怖《こわ》いんですけど」

「何がですか？」

工藤さんに対して、西荻が客先用の笑顔《えがお》を浮《う》かべて切り返す。

「いや、西荻さん、なんでそんな笑顔なんですか。田辺くんもさっきからなんか変だし」

「別に俺はいつも通りですよ」

「そうだけど西荻さんがこんなに笑顔なのに、田辺くんが全然疑問に思わない時点でおかしいよね。絶対何かあるよね？」

「ないですよ」

「ないですよ」

奇《く》しくも二人で同じ台詞《せりふ》を吐《は》き出すと、西荻が更《さら》に笑顔になる。どうやら夏休みの高校球児ばりの爽《さわ》やかな笑みは、西荻にとって自分の心を覆《おお》い尽《つ》くす仮面の役割を果たしているらしい。

ミーティングが進むにつれ、笑顔がどんどん輝《かがや》いていく。正直、怖い。

「あ、そういえば西荻さんこの間辰巳達也を確保できた件で、先方から別件で大きな仕事が回って来たんですよね？　あれの担当、田辺くんでいいですか？　ちょっと納期厳しいけど」

西荻は忘れていたのか、手帳を捲《めく》ってから「でも、本当に納期が厳しいですよ。俺もガキの使いじゃないんでどうしてもって言うなら、多少は引き延ばしますけど」と口にする。

朝の件を確実に引きずっている西荻の挑発《ちょうはつ》に乗らずに、「内容見てから判断させてください。今は抱《かか》えてる案件が多いので、外注に出すかもしれません」と返す。

打ち合わせが終わり営業に出る西荻がミーティングルームを先に出て行くと、工藤さんに「田辺くん、仲良くって言ったじゃない。西荻さんみたいな温厚《おんこう》な子、どうやって怒《おこ》らせたのよ」と不安げな声で問いつめられる。

「西荻さん、全然温厚じゃないですよ」

「営業部では温厚な方だって。西荻さん、優秀すぎて営業部じゃ居《い》場所がないみたいなんだよ。だからせめて歳が近い田辺くんだけでも、西荻さんにはきつく当たらないであげてよ」

意味の分からない理屈《りくつ》だと思いながらも、「はぁ」と気のない返事をしてきつく当たって来ているのは西荻だという反論を飲み込む。曲がりなりにも向こうは正社員で社歴も上だ。その辺りを考慮《こうりょ》すると、俺が折れるのが順当だ。

「何があったか知らないけどさぁ、仲良くしてよ」

そう言って工藤さんがバッグに入っていた封筒《ふうとう》から取り出したのは、俺が先日デザインして工藤さんがチェックしたキャンペーン用グッズのプロトタイプだ。

「西荻さんが先方に持っていくから、一応コンセプト回り伝えておいてよ」

「草案の時点で伝えてますよ」

「念のためだよ。今日は戻《もど》りは十一時みたいだけど、田辺くんそれまでいるんだろ？」

当然のように訊かれて頷くと「会社って言うのはチームなんだから、仲良くね」と、まるで新人に向けるような台詞を言われる。いや、そんな台詞を言わせてるのは俺達か。

「雰囲気《ふんいき》悪くしてすみませんでした」

工藤さんは「営業と制作は基本仲良くないもんだけどな」と嘆息《たんそく》する。

その日、西荻が帰社したのは十一時を少し過ぎた頃だった。今朝のやりとりを思い出し、大人げなく言い争った事を反省しながらグッズを手に営業部の島に近づくと、気付いた西荻が警《けい》戒《かい》するような目を俺に向ける。

「お疲れさまです。今大丈夫《だいじょうぶ》ですか？」

声を掛《か》けると、西荻は「いいけど」と不服そうな表情で口にする。

どうやら既に防御《ぼうぎょ》用の笑顔を作る余力もないようだ。

西荻は周囲に妬《ねた》まれるほど大口の仕事を取ってくる。その陰《かげ》には俺達が知らない努力がある。それを考えたら、〝ガキの使い〟なんて言った事を後悔《こうかい》した。

一体、何故《なぜ》あんなにむきになっていたのかと、呆《あき》れに似た気持ちを覚える。

「グッズが上がってきたんで、確認《かくにん》してください」

以前伝えたコンセプトを再度説明する間、西荻は手の中でそれを弄《もてあそ》ぶ。

「これ、可動じゃないんだっけ？」

「可動の場合は五百上乗せです。最低ロット数も変わりますね」

「他の制作会社は？」

「納期優先で合《あい》みつとってるんで、もしかしたらもっと安くなる可能性もありますけど、そうなると多分製造は海外ですね」

俺の言葉に西荻は悩《なや》むように「分かった、とりあえず先方に持っていく」と口にする。

西荻がグッズをテーブルの上に置く。それからデザイン室に戻らない俺を訝《いぶか》しむように、椅《い》子《す》に座ったままこちらを見上げた。

「今朝はすみませんでした」

西荻はきょとんとしたような顔を見せてから、すぐに視線を逸《そ》らす。それから、先程《さきほど》置いたグッズを再び弄《いじ》り「分かれば、いいんだよ」と相変わらず拗《す》ねた顔で口にする。

「話が以上なら、もういいか？　俺、別の仕事したいんだけど」

頑張《がんば》っているのはよく分かるが、やっぱり……可愛《かわい》くない。

振り向かない横顔を見て、本当にニシノロボットと同一人物なのか、改めて疑問に思った。

「綺麗《きれい》なのは二人の愛だってことで」

日曜日に訪れた友人宅で俺がプレゼントを渡すと、畑夫妻は「足の裏がむずむずする！」「背中が痒《かゆ》い！」と騒《さわ》ぎながら、額に入った絵を手にする。

ガーデンパーティの会場である中庭には、既《すで》に懐《なつ》かしい顔が揃《そろ》っていた。

「でも、智空の絵は嬉《うれ》しいな。凄《すご》く綺麗」

タウベニ島で挙げた結婚《けっこん》式を描《えが》いた一枚を見て、ミカちゃんはにこりと微笑《ほほえ》む。するとオサムが「確かに上手《うま》いけど、ミカの笑顔はこの百倍綺麗だ」と惚気《のろけ》る。

専門時代から付き合ってる癖に、未《いま》だ熱愛状態だ。睦まじすぎて夫の方が若干《じゃっかん》うざいが、幸せそうで何よりだ。

「俺もミカちゃんみたいな奥さんが欲しいな」

「きゃー、夫が嫉妬《しっと》するからやめてー」

小さな肩《かた》を抱《だ》き寄せると、巫山戯《ふざけ》ながらミカちゃんが声をあげる。

「やめろ、智空！　お前が触《さわ》ると妊娠《にんしん》する！」

ムキになったオサムが俺の肩を強く摑《つか》む。

このやりとりは、学生時代から変わらない。半分冗談《じょうだん》だと分かりながらも、半分本気で疑うオサムが、俺はいつも羨《うらや》ましい。ここまで誰かをひたむきに愛せるなんて、幸せな事だ。

そしてそんな風に誰かに愛されるミカちゃんも、幸せだろう。

俺の腕《うで》から妻を取り戻したオサムは、消毒だと口実を付けてミカちゃんに触っている。これもいつもの光景だ。

「お前、本当にさっさと結婚しろよ」

オサムの言葉に、旧友の一人が「智空は顔のわりに大人しくて真面目な女の子が好きだよな」と酷《ひど》い事を言う。

「顔のわりにってなんだよ。それに古風な女が好きなわけじゃない」

否定しながら、自分で鉄製の串《くし》に肉を刺《さ》して、バーベキュー用の炭の上で炙《あぶ》る。

絵の他《ほか》に持参したシャンパンは、俺がオサムとミニコントを繰《く》り広げているうちに栓《せん》が開けられていた。専門の同期生は気が置けない仲間であると同時に、お互《たが》い遠慮《えんりょ》がなくていい。

既に空になっている瓶《びん》を見ると、なさすぎる気もするが。

「えーそうかなぁ、前に話してた時はかなり古風な子が好きそうな印象だったけど」

「マジで？　自分はセックスマップ作ってる癖に？　種馬日本代表なのに？」

「セックスマップって何だよ。偽《にせ》情報を流すな」

聞き咎《とが》めると、「だって学生のときに、白地図のセックスした国を赤く塗《ぬ》ってたじゃん」と専門時代によく二人で遊び歩いてたタツミが言い出す。

「あれは普通《ふつう》に滞在《たいざい》した国を塗ってたんだ」

他の連中ならまだしも、男女問わず入れ食い状態だった悪友に言われるのは腹が立つ。俺はバリエーションが豊富なだけで、純粋《じゅんすい》な経験値から言えばタツミの方がずっと上だ。

「でも、〝ここの国の女どうだった？〟って訊いたら八割方答えられてたじゃん」

その途端《とたん》に女性陣《じん》が「最低」「私の彼氏じゃなくて良かった」「異文化交流しすぎ」と騒ぐ。下事情は男連中にしか話していなかったので、一気に非難が集中する。

「ブラジルとかどうなの？　やっぱ腰使《こし》いとか違《ちが》うの？」

オサムがそう口にすると、ミカちゃんが無言でその鳩尾《みぞおち》に肘《ひじ》を叩《たた》き込む。

しばらく男同士でそっちの話題で盛り上がっていたが、女性陣の視線が徐々《じょじょ》に冷えていくのを感じて誰かが話題を切り替《か》える。

「でも珍《めずら》しいよな、智空がずっと日本にいるなんて。旅に出てもすぐに帰ってくるし」

肩を竦《すく》めると「前世はロマだって言ってなかったか？」と茶化《ちゃか》される。

「遊牧を捨てて定住するロマもいるだろ。それに仕事もあるし」

軽く答えながら、放浪《ほうろう》生活に憧《あこが》れていた頃《ころ》の事を思い出す。

専門を卒業してからの二年間に亘る長い旅を終わらせたのは、急な用事で日本に帰ってきた後に、再び海外に行く気が起こらなかったからだ。その時のことは苦い記憶《きおく》として今も残っている。

「仕事の話はするなよ。あー、普通の会社になんて就職するんじゃなかったな。俺もお前等みたいな職種を選べば良かった。智空の絵を見たら、描きたくなってきたよ」

「俺も久し振《ぶ》りに描いた。同僚《どうりょう》に絵の描けないデザイナーって言われて、ついムキになった」

「智空がむきになるなんて珍しいな。いつも暖簾《のれん》に腕押《うで》しって感じなのに」

確かに昔からムキになる事は少ない。苛立《いらだ》ちよりも面倒臭《めんどうくさ》さが先立ってしまうのだが、西荻に関しては最近些細《ささい》な事でもつい反応してしまう。そもそも普段《ふだん》は完全無比な社会人の西荻が、俺にだけやたらと突《つ》っかかってくるせいだ。

「でも、その程度の嫌《いや》みでムキになるなんて大人げないなぁ」

「仕事で少し揉《も》めて以来、やたらと嫌《きら》われてるんだよ。この間も些細な事で口論になった」

話の流れで西荻の容姿が優《すぐ》れている事を付け加えると、女達が俄然《がぜん》食いついてくる。訊《き》かれるがままに答えていたら、西荻がQ&Aサイトを利用している事まで口にしてしまう。

「ねえ、見てみようよ、そのサイト」

誰かの提案を受けて、ミカちゃんがノートパソコンを持って来た。焼きトウモロコシとウィンナーを避《よ》けてテーブルにパソコンを置くと、早速《さっそく》タツミがQ&Aサイトにアクセスする。

質問者検索《けんさく》の項目《こうもく》からニシノロボットのページに飛ぶ。

新たな質問はなかったが、久し振りにニシノロボットが誰かの質問に回答している。

『質問：職場の人間関係で悩《なや》んでいます。苦手な同僚と、どうすれば上手く付き合えますか？』

西荻はそれに対して回答し、最後は「偉《えら》そうに書きましたが、私も上手く行っているとは言い難《がた》い状況《じょうきょう》です。仕事でフォローをしてくれた同僚に御礼《おれい》も言えないまま、険悪な状態になってしまいました。向こうから謝罪をされても、素直《すなお》に謝ることができませんでした。ですが月曜日には私も頭を下げるつもりです。お互い頑張りましょう」と結んでいた。

それを読んで、タツミに連絡《れんらく》をした日に、西荻がデザイン室に寄って雑談して行ったときの事を思い出す。あれはフォローした件で礼が言いたかったのか。

「明日謝って貰《もら》えるみたいね。向こうも反省してるんだから許してやりなさいよ」

「そうだそうだ。大人になれ」

西荻が悪い奴《やつ》じゃないのは知っているし、先日のような小さな諍《いさか》いを引きずる気はない。

「分かってるよ」

初めて見るQ&Aサイトに盛り上がっている連中を横目に、ワインに手を伸《の》ばす。

月曜日に西荻が謝罪してくる事を想像したが上手く行かなかった。考えているうちに、その同僚が自分とは限らないと気付く。もしかしたら同僚というのは工藤さんや、他の営業部の人間の事かもしれない。そう思ったら納得《なっとく》した。西荻が俺に謝罪なんて考えられない。

「中学生からの質問でキスの仕方を教えてだって。答えちゃう？　これ答えちゃう？」

「とりあえず口内炎《えん》は性感帯だから集中攻撃《こうげき》しろって書こうぜ」

そんな下らないことで意外と盛り上がってる奴等にだけは、「大人になれ」なんて絶対に言われたくないな、とキャビアとアボカドのディップを付けたクラッカーを食べながら思う。

だけど、やっぱり普通はそんな物だろう。見ず知らずの誰かの些細な悩みに、益もないのに毎回真剣《しんけん》に回答している西荻の方が、珍しいのかもしれない。

名前のせいなのか生まれついての性質なのか、俺は空が好きだ。

窓がない空間に強い閉塞感《へいそくかん》を感じるが、残念ながらデザイン室は四方を壁《かべ》で囲まれている。だから昼飯は雨や雪の日じゃない限り、寒くても会社の外で食べるようにしていた。今の季節は丁度桜が咲《さ》いていて綺麗《きれい》だから、青空の下で食べる事にして駅の方に歩いていたら、移動販《はん》売車《ばい》を見掛《みか》けた。大して期待せずに買ったが、チキンカレーとナンは予想以上に美味《うま》い。

公園のベンチで食事をしながら、二日酔いにターメリックが効く事を思い出す。昨日は学生時代のように、馬鹿《ばか》みたいな事で騒いでしまった。最終的には彼女の浮気《うわき》まで暴露《ばくろ》させられたが、何故《なぜ》か俺が責められた。そんな理不尽《りふじん》な記憶を辿っていると、会社の方から西荻が近づいてくる。

「隣《となり》、いいか?」

意外に思いながら頷くと、西荻は俺の横に腰《こし》掛け、コンビニ袋《ふくろ》からパンと缶珈琲《かんコーヒー》を二つずつ取り出した。

「西荻さんが公園で食べるなんて珍しいですね」

「前から気になってたんだ。そしたら、田辺さんの横が空いてるのが見えたから」

前から気になってたという程特別な場所じゃない。土地が余ったから公園でも作ってみた、という無計画さが漂《ただよ》う狭《せま》い公園は縦長で、他に人の姿はない。そもそも西荻に寂《さび》れた公園は似合わないと思いながら、目の前にあるカラフルな遊具を眺《なが》める。一体どんな心境の変化だと訝《いぶか》しんでいると、西荻の視線が俺の手元に向けられる。

「美味そうだな」

「美味いですよ。本場で食べたのと遜色《そんしょく》ないですね。食べてみますか？」

日本人好みに多少香辛料《こうしんりょう》は抑《おさ》えられているが、味はしっかりとしている。売っていたのは日本人だったが、調理はインド人が担当しているのかもしれない。

「自分の分があるから。今まで何ヶ国ぐらい行ったんだ？」

西荻は視線を小さな滑《すべ》り台に向けたまま尋ねてくる。

俺はスタンプだらけのパスポートを思い出す。指折り数えてみたが、独立したり統合してしまった国があるので途中《とちゅう》で諦《あきら》め、「半分は回ってると思いますけど」と大雑把に答えた。

「よく金があるな」

「移動手段をバスとか電車に絞《しぼ》れば結構行けます。金なくなったらバイトすればいいんだし」

「バイト？」

「トライショーとか、後はハンドキャリーや観光地のガイドとか。日本人の旅行客に声を掛《か》けて、千円で一時間案内するって言うと、結構払《はら》ってくれるんですよね」

「トライショーって何？」

いつもは知っている振りで流すのに珍《めずら》しいと感じながら「観光用の乗り物です。人力車をチャリで動かすイメージですね」と答える。

「飛び込みで雇《やと》って貰えるものなのか？」

「なんとかなるもんですよ。肉体労働で宿泊《しゅくはく》料や食事代を安くしてもらったり」

店主は客の懐具合《ふところぐあい》を見て値段を口にする。日本人だと知れたら通常の倍になる事もざらだ。しかし海外では交渉《こうしょう》次第《しだい》で価格が変動する。粘《ねば》り強く話せば、値段はかなり低く抑えられる。

尤《もっと》も、俺はどの国に行っても現地に溶《と》け込んでしまい旅行客とは思われないので、あまり高い金額を吹《ふ》っ掛けられる事はない。

「最近はネットバンクやクレジットカードがあるから手持ちの金が尽《つ》きたり盗《ぬす》まれたりしても、現地でバイトしなきゃならない事はないですけど」

「盗まれるって、結構抜《ぬ》けてるんだな」

背中にナイフを突きつけられて脅《おど》されたら、素直に財布《さいふ》を差し出した方が利口だ。仮にそいつに勝ったとしてもお互《たが》い無傷では済まないし、別班がいたら殺される。費用対効果を考慮《こうりょ》すれば、小銭《こぜに》を惜《お》しむのは賢明じゃない。とはいえ、俺は一見して金が無さそうに見えるのか、余程物騒《ぶっそう》な場所でなければ、財布目当てに誰《だれ》かが近づいてくる事はない。

「そんな事があったのに、旅行が好きだなんて変わってるな」

「旅っていうよりも、たぶん、人と会うのが好きなんですよ。安宿で同室になった奴が語る将来の夢や、相席になった老人が語る蘊蓄《うんちく》を聞くのが楽しいのかもしれない」

「俺は人間関係なんて煩《わずら》わしいものはあまり好きじゃない。そもそも得意じゃない」

脳裏《のうり》に吐《は》きながらも接待をしていた西荻の姿が浮《う》かぶ。だけど煩わしいと言う割りには、見知らぬ人間の疑問にわざわざ答えている。

ふと、昨日目にしたニシノロボットの回答を思い出す。もしかして西荻がわざわざ俺の所に来たのは、謝罪するためなのだろうか。

「そうですか？　営業成績いいじゃないですか」

人間関係が得意じゃないというのが本当なら、営業で上手《うま》くやって行けるとは思えない。

「仕事だからだろ。割り切ってやってる」

「笑顔《えがお》も完璧《かんぺき》ですよ」

からからと西荻は一瞬《いっしゅん》咎《とが》めるように俺を見たが、すぐに視線を遊具に戻《もど》した。

「それも仕事用だ」

演技であれだけ爽《さわ》やかな笑顔が作れるのは、ある意味凄《すご》い。

沈黙《ちんもく》が落ちると、西荻は言いにくそうに「これ、飲めよ」と缶珈琲《コーヒー》を差し出す。

ニシノロボットの回答を思い出した時から、一つは自分用なんじゃないかと疑っていたが、予想は当たったらしい。切り出せなくて、ずっと雑談を繰り返してきたんだろうか。

受け取らないまま、その缶を見つめていると「嫌《きら》い、じゃないよな?」と不安げに訊かれる。

「ありがとうございます」

受け取った瞬間、西荻は僅《わず》かにほっとしたような顔を見せて、再び滑り台を眺める。

もしかしてこれが西荻流の謝罪なのか。俺が受け取ったので、和解に至ったと判断したのか。

「ふ……っ」

やばい、笑う。

慌《あわ》てて俯《うつむ》くが間に合わず、西荻が「なんで笑ってんだよ」と不機嫌《ふきげん》な声を出す。

「や、だってなんか……」

なんか、可愛《かわい》い。とは流石《さすが》に、大人の男に向かっては言えないけれど。

昨日、見ず知らずの人間に約束した事を実行に移している男が、やたらと可愛く見える。

俺が取引先の人間なら、きっと西荻は淀《よど》みない口調で謝罪の言葉を述べて、誰が見ても好感の持てる笑顔で和解を要求するだろう。恐《おそ》らく、仕事というエフェクトを掛ければ西荻は完璧に振《ふ》る舞《ま》える。だけど素《す》の西荻は、小学生並みの不器用さだ。

「なんか、なんだよ」

俺は笑いを堪《た》えて、缶珈琲を開ける。

「西荻さんは俺の事を嫌いだって言ってましたけど、俺は西荻さんの事、嫌いじゃないですよ」

なんかの続きを誤魔化《ごまか》して、俺は缶珈琲に口を付けた。微糖《びとう》と書いてある割りにかなり甘い。

それでも日本で流通している食品は概《おおむ》ね一定の満足度を与《あた》えてくれる。少なくとも賞味期限さえ守れば、食中毒や腹痛に見舞《みま》われる可能性が極《きわ》めて低いのが素晴《すば》らしい。安全と安心が標準装備だなんて、素晴らしい国だ。

黙《だま》ったまま西荻は自分の分の缶珈琲に口を付ける。缶の側面には格言がプリントされていた。

〝男は黙って仕事で語れ〟なんて、缶珈琲の癖に硬派《こうは》で格好良い。

「前にも聞いたよ。俺、男には昔から好かれるんだよな」

「女にも好かれてるじゃないですか」

西荻は俺の返しに、眉《まゆ》を寄せて複雑そうな顔をした。

「プライベートでは好かれねぇよ」

口調が今までより粗野《そや》になる。怒《おこ》っていると言うより、気を許しているように見えたから、不快には感じなかった。

「西荻さんならすぐに新しい相手が見つかりますよ。そしたら前の彼女なんて忘れられますよ」

薬指に嵌《はま》った指輪を見ながら口にすると、急に西荻が立ち上がる。

「誰から聞いたんだよ」

鋭《するど》い視線に、自分の舌の滑《すべ》りの良さを悔《く》やむ。一度浮かんだ言葉を頭の中にプールしないせいで、今までも何度か無益なトラブルを引き起こしている。

「なんで田辺さんにそんな事言われなきゃいけねぇんだよ」

西荻はすっと立ち上がると、俺の言い訳を許さずにそのまま公園を出て行く。

俺はその後ろ姿を眺《なが》め、まだ半分近く中身が残っている缶《かん》を手の中で弄《もてあそ》びながら、頭を掻《か》く。折角《せっかく》修復し掛かっていた空気が悪化する。西荻と親しくなれそうだったのにと残念に思い、自分が西荻を存外気に入っていた事に気付く。

「今のは俺が悪いな」

反省して視線を落とした缶珈琲のパッケージには〝同僚《どうりょう》を思いやれない人間は真の成功者にはなれない〟と書かれていた。真の成功者には特に興味はないが、西荻には謝っておくべきだろうとベンチから立ち上がった。


ペンタブが壊《こわ》れたのは、その日の夕方に差し掛かる頃合《ころあ》いだった。

マウスでも対応できるが、作業効率を考えると買いに出た方が早いと判断して、いつも使っている秋葉原の電器屋に向かった。幸いにも同じ型があったので、それを購入《こうにゅう》する。

店から会社のある飯田橋《いいだばし》までは大体十分程度だ。

駅で電車が来るのをぼんやり待っていると、向かいのホームに西荻を見つけた。

腕時計《うでどけい》に視線を落としている。姿勢良く立つ姿は、同性から見ても格好良い。じっと見ていたが、西荻は俺には気付かない。しばらくして電車がやってくる。同時に俺が乗る電車も目の前に止まった。人の波に逆らわずに乗り込んで、窓際《まどぎわ》に進む。別の方向に向かう車両の中に西荻を探したが、見つける事はできなかった。

会社の近くの自販機《じはんき》で、昼間貰《もら》ったのと同じ缶珈琲を買って西荻のデスクの上に置く。すると別の社員が「何、どうしたの？」と訊いてくる。

「なんでもないです。ちょっと、俺が無神経な事言っちゃったんで」

昔からよく〝無神経〟だと言われてきた。自分が平気なら他人も大丈夫だと思い込んでしまう節があって、それでも相手を傷つけたり、怒らせた事は何度かあった。

「無神経な事って何よ」

曖昧《あいまい》に笑って誤魔化すと、それ以上詳《くわ》しく語る気がないと伝わったのか、今度は俺の持っている紙袋《かみぶくろ》に話題が移る。中身が新しいタブレットである事を教えると、「契約《けいやく》の経費は事前申《しん》請《せい》がないと落ちないぞ」とにやりと笑われる。

「どうせ私物で使うからいいですよ」

そもそも壊れたペンタブだって俺が持ち込んだものだ。経費申請は面倒《めんどう》なので、交通費ぐらいしかまともにしていない。そもそも領収書も貰っていない。

「太っ腹だな。俺なんかシャー芯《しん》一本ですら会社の金で買ってるのに。そんなに金持ちなら、今度俺にも珈琲な」

「ボーナス入ったら考えます」

「じゃあ俺もボーナスが入ったら酒を奢《おご》ってやる」

お互《たが》い契約社員なのでボーナスはない。だからその約束が叶《かな》う事はないだろう。

デザイン室に戻って早速《さっそく》買ってきたばかりのペンタブのパッケージを開ける。感度を調節して早速仕事を再開すると、チコちゃんから「田辺さん、意見ください」と声をかけてきた。

チコちゃんはモニタを俺の方に向けると「んっと、このロゴの位置なんですけど」と方向キーを使いながら座標を小刻みに変える。するとオブジェクト化されたロゴがちまちま動く。

「心持ち右の方が良いんじゃないの？」

「でも、ここにテキストが入るんですよ」

「だけどあんまり中央に寄りすぎるとバランス悪いよ」

「そうですよね。んーん、じゃあ気持ち右でやってみます。ありがとうございました」

デザイン部は基本的に個人作業だ。大きな仕事の場合は分担してやる事も多いが、基本的に一社の仕事に全員が集中できる仕事量ではないので、各仕事毎《ごと》に担当しているものが違《ちが》う。

俺はデザイン部の責任者が辞《や》める時に急遽暫定《きゅうきょざんてい》の後釜《あとがま》として入ったので、担当量もその分一番多い。恐らく一日のうちこの部屋に一番長く居るのも俺だろう。

フリーランスの時よりも拘束《こうそく》時間は長いし、案件ベースの料金形態じゃないので給料も前より安いが、今回は世話になっていた工藤さんにどうしてもと頼《たの》まれたので仕方がない。

「まだ残業していくんですか？」

残業を二時間した後で、帰り支度《じたく》をしているチコちゃんが首を傾《かし》げる。

「ペンタブが不調で作業が捗《はかど》らなかったからね」

答えながらタブレットを動かしていると、デスクの上に大豆を使った携帯食《けいたいしょく》が置かれた。

「頑張《がんば》ってください」

片手でぎゅっと拳《こぶし》を作る姿に、つい「チコちゃん、愛してる」と口にする。

「田辺さんの愛って軽いですよね」

「重くしてもいいの？」

俺の言葉にチコちゃんは小さく笑ってから「私が本気にしたら困る癖に」と言った。

年下だが、流石《さすが》に女性だ。勘《かん》が鋭い。

「そんな事ないよ。結婚《けっこん》して欲しいくらいだよ」

「大きなダイヤがついた指輪を持ってきてくれたら考えます」

お疲《つか》れさまですと言ってデザイン室を出ていく姿を見送り、一人になった部屋でヘッドフォンを着けて作業をする。一時間と経《た》たないうちに空腹を覚えて、大豆バーを手に取る。

腹に何か入れると、余計に空腹を意識してしまう。

飯でも食いに行こうとデザイン室を出ると、営業部の島に西荻が戻《もど》っていた。昼間と同じく、疲れも見せずに真剣《しんけん》な表情でキーボードを叩《たた》いている。それを横目にオフィスを出てエレベーターに乗り込み、会社を出て飲食店が集まる駅前に向かう途中《とちゅう》で携帯が震《ふる》えた。

取り出すと、弟の永海《えいみ》から『夏休みに泊《と》めて欲しいから、外国に行く予定があるなら事前に鍵《かぎ》くれ』とメールが来ていた。そのメールに仕事があるからしばらくはずっと日本にいると返して、携帯を仕舞《しま》った時に財布《さいふ》を忘れた事に気付く。

「食う前に気付いて良かった」

日本でまで食事代金を労働で払《はら》いたくない。

会社に引き返してエレベーターを待っていると、開いたドアから降りて来たのは西荻だった。

西荻は目が合うと「珈琲《コーヒー》、田辺さん？」と口にした。

視線の先、つい見てしまった左手には指輪がない。俺のせいか、と思いながら頭を掻く。

俺の何気ない一言で嵌《は》めていた指輪を外すなんて、意外と西荻は繊細《せんさい》な人間なのだろう。

「そうです。昼間は、無神経な事言ってすみませんでした」

素直《すなお》に謝罪する。この間から西荻に謝ってばかりだが、今回は余計な事を言った俺が悪い。

「いや、俺の方が過剰《かじょう》反応しすぎた」

「西荻さんも飯ですか？」

「そうだけど」

「良かったら、一緒《いっしょ》に行きませんか？　即行《そっこう》で財布取って来ますから」

俺の言葉に西荻は「貸すよ。いちいち戻るの面倒だろ？」と口にする。その申し出に甘えて一緒に会社を出た。西荻の希望が特にないので、俺は自分が行きつけにしている居酒屋に向かう。酒を飲む気はないが、その店は釜飯《かまめし》が絶品だ。少し離《はな》れた店まで行き、案内された個室に入ると、西荻はメニューブックも見ずに注文した。

もしかしたら西荻もこの店によく来るのかもしれない。

「前に、下半身が緩《ゆる》い友達が多いとか言って、悪かったな」

お絞《しぼ》りと共に出された緑茶を飲んでいると、不意に西荻がそう口にする。

古い話題だ。もしかしてずっと気にしていたのだろうかと笑いそうになった。

「あのときは俺も嫌な事を言ってしまったので。それに女友達に関してはそうでもないですけど、男友達と彼女は西荻さんの言う通りなんで、別に良いですよ」

俺ばかり西荻の事情を知っているのはフェアじゃないと、自分からばらす。

「彼女？」

「もしかしたら元彼女かもしれないですけど。浮気《うわき》現場を目撃《もくげき》して以来、会ってないから自然消滅《しょうめつ》してるのかどうか、よく分からないんですよね」

あれ以来連絡《れんらく》を取っていないし、彼女の方からも何もない。連絡すべきだと思うが時間が経ってしまうと、終わるための話し合いが面倒だった。

「最低だな」

「自覚してます」

確かに中途半端《ちゅうとはんぱ》な状態は良くないと思うが、そう言い切られるとぐさりと来る。早々に白旗を揚《あ》げるように不甲斐《ふがい》なさを認めると、西荻は「女の方だよ。浮気なんて最低だな」と言った。

「俺が放っておいたのが悪いんですよ」

「構えなければ浮気されても仕方ないって事になるのか？　嫌《いや》なら別れてから別の男に移ればいいのに、保険を掛《か》けるように前の男と付き合ってる状態で違う男と関係を持つ女は最低だ」

「……………西荻さんも浮気されたんですか？」

熱の入った口調に思わずそう切り返してから、また無神経な事を言ったと反省する。

しかし西荻は昼間のように立ち去る事もなく恋人《こいびと》との別れの経緯《けいい》を説明した。

西荻が自分の事をこんな風に話すのを聞くのは初めてだった。恋愛《れんあい》事情をべらべらと話すタイプには見えないから、相当鬱憤《うっぷん》が溜《た》まっていたのだろう。

店員が料理を持ってきた時は、相変わらず石鹸《せっけん》の香《かお》りが漂《ただよ》うような笑顔《えがお》で「ありがとう」と言ったが、彼が個室から出ていくと話を再開する。

カニ釜飯を食いながら聞いたところによると、会える時間が少ないのが不満だった彼女は勤め先の先輩《せんぱい》と浮気した。泣いて謝られたが、半年以上他の男と肉体関係を持っていた事を西荻は許せなかった。

「気付けなかったのは俺の落ち度だって責められた。けど、それだけ信用してたんだよ」

声の響《ひび》きは寂《さび》しげで、後悔《こうかい》しているように聞こえる。

「復縁《ふくえん》しないんですか？」

「なんで？　もう信用できねぇのに？」

信用できないのに、付き合えるわけがないと言い捨てて、西荻は浅漬《あさづ》けに箸《はし》を伸《の》ばす。

「だって好きだから指輪着けてたんでしょう？」

「分かんねぇ。それを見極《みきわ》めたくて着けてたのかも」

「分かったんですか？」

俺の疑問に西荻は指輪のない自分の左手を見て、「指が軽くて仕事が捗る」と口にする。

強がりのようにしか聞こえなかったが、気付かない振りをした。

「今日の代金、ツケにして貰《もら》っていいですか？　代わりに今度酒奢《おご》りますよ。どうせ週末はお互《たが》い暇《ひま》でしょう？」

問いかけると、西荻はむっと眉《まゆ》を寄せてから「俺は結構忙《いそが》しいけど、付き合ってやってもいい」とあからさまな虚勢《きょせい》を張った。

そんな態度に昼間と同じく笑いを誘《さそ》われる。拗《す》ねられると面倒《めんどう》なので口は開かずに、にやにや口元だけで笑っていると、それを目聡《めざと》く見つけた西荻に軽く睨《にら》まれた。

西荻との飲みは土曜日に決まった。一応休日だが、夕方まで仕事があるらしい。

俺も午前中は他社の仕事をして、それが一段落着いてから、部屋の中にあった元彼女の荷物を纏《まと》めた。荷物といっても、大したものはない。先日西荻と彼女の事を話していたら、いつまでもずるずる自然消滅を待つよりも、けじめを付けた方が良いように思えた。

電車を乗り継《つ》ぐのが面倒だったから、タツミから預かっているバイクを借りる事にした。倉庫の端《はし》に置かれたバイクは、大型で厳《いか》ついイメージの癖に繊細で気分屋だ。おまけに長時間乗っているとエンジンかマフラーの影響《えいきょう》で、車体が熱くなる。持ち主は滅多《めった》に乗らないが、苦労して金を貯めて買ったバイクなので、手放す気にならないらしい。

ここから元彼女の家までは多少道が混《こ》んでいても、バイクなら三十分程度で着く。走り出す前に一度彼女に電話をかけたが、出なかった。不在ならマンションの郵便受けに突《つ》っ込んでおけばいいと考えて、走り出す。タイヤの空気が減っているが、気にする程《ほど》じゃない。彼女のマンションの前にバイクを停《と》め、インターフォンを押したが応答はなかった。

予想はしていたので、ドアノブに紙袋《かみぶくろ》を掛けて再びバイクに跨《またが》る。走り出してすぐに携帯が鳴った。交通の妨《さまた》げにならないよう、路地に入って携帯を確認する。

彼女からだった。掛け直すと、今度は繋《つな》がった。

『……荷物、わざわざありがとう』

「今まではっきりしなくて悪かったな」

『私のこと……責めないんだ？　この間も、怒ってもくれなかったよね』

浮気をされても怒《おこ》る気にならないのは、彼女の事を大して想《おも》っていない証拠《しょうこ》だろう。そんな俺に、責める権利はない。友人達の言う通り、彼女が浮気した原因の一端《いったん》は、俺にもある。

『新しい彼氏、医者なんだ。プロポーズされてるの』

「この間一緒にいるところ見たけど、格好良かったよな」

電話の向こうが黙り込む。嫌《いや》みのつもりはなかったが、そう聞こえたかもしれない。

『私は、来世も智空と付き合いたい。一緒にいると凄《すご》く楽しいし、私が知らない事をたくさん知ってたり、どんな状況《じょうきょう》でも焦《あせ》らないところとか凄く好きだよ。でもそれ、付き合いたいとか好き止まりなんだよね。智空とは、きっと夫婦《ふうふ》にはなれない』

確かにそうかもしれない。実際彼女との結婚《けっこん》を考えた事は一度もなかった。

『智空みたいな人はきっと結婚に向かないんだと思う。だって、智空はいつか私より楽しい事を見つけて、そっちに行っちゃうから。私は、引き留める自信がないの』

街の喧噪《けんそう》が右耳から入ってきて、左耳からは彼女の声が入ってくる。そのどちらも同じ物のように感じてしまう自分に、ふられるのは自業自得《じごうじとく》だと妙《みょう》に納得《なっとく》する。

「お前ならきっと、幸せになれるよ」

そう口にして電話を切る。この台詞《せりふ》を、何人もの女相手に言ってきた。感謝の言葉と幸福を祈《いの》るのは、冷めた自分に後ろめたさがあるせいだ。今も、恋人と別れる事を悲しく感じるより、始業式を過ぎてもやり残していた夏休みの宿題を片付けたような気分だった。

一向に成長しない自分に呆《あき》れながら、家に帰ってバイクを倉庫に仕舞《しま》う。使わせて貰った礼に、ガソリンは満タンにして置いた。

派手な衣装屋の角を曲がり、日暮里の駅まで歩く。酔《よ》って踏《ふ》み外《はず》した事がある階段を上り、南口改札を抜《ぬ》ける。西荻は代官山《だいかんやま》に住んでいるらしいので、その辺りの店を予約した。

待ち合わせ場所は代官山の西口を出た所だったが、約束の五分前なのに西荻は見当たらない。

「おい、どこ行くんだよ」

周囲を探すために改札から離《はな》れようとしたところで、近くに立っていた男に声を掛けられた。声で待ち合わせの相手である事は分かっていたが、普段《ふだん》見慣れないラフな格好に驚《おどろ》く。

緩めの七分丈《たけ》に、シルエットがくっきり見えるダークグレイのチノ。足下《あしもと》は黒い縁取《ふちど》りがされたローカットのスニーカー姿だ。

「わざわざ着替《きが》えてから来たんですか？」

思わずじろじろ見てしまうと、西荻が居心地《いごこち》悪そうに眉を寄せる。童顔ではないが、スーツ姿じゃないと学生のように見える。そう言えばまだ二十五歳だった。

「スーツ着てると仕事が終わった気がしない」

西荻の答えに納得して駅を離れ、八幡《はちまん》通りに通じる路地に入る。目指す店は四階建てのビルの地下一階にある。建物の外観は野暮《やぼ》ったく、店の名前も地下に続く階段を下りて行かないと分からない。それでも世界各国の珍《めずら》しい酒が飲めるので、平日の夜でもそこそこ混んでいる。

「へぇ、こんな所にこんな店があるんだな」

西荻を促《うなが》して、階段を下りる。ドアには〝準備中〟の札が掛かっていたが構わず開けると、カウンターで調理をしていた店主が以前と変わらぬ柔和《にゅうわ》な顔をこちらに向けた。

「おー、いらっしゃい。奥の席とってあるから。あ、智空、お前暇ならメニューボード書いてくれよ。今日のお勧《すす》めは鯖《さば》サンドとフーフーな。フーフーはスープ付だから」

「いいけど」

連れと飲みに来たのに暇だと言われ、ボードとチョークを渡《わた》される。西荻はアイリッシュバーに似た店内を興味深そうに見ていた。料理と店の雰囲気《ふんいき》が合っていないのは今さらだ。多国《たこく》籍《せき》料理店というより、単純に店長が自分が好きなメニューを国籍《こくせき》に拘《かか》わらず出している。

「お連れさん？　何飲む？　ビール？」

既《すで》にビールを飴色のカウンターに置きながら問いかける店主に、勢いに呑《の》まれた西荻が頷《うなず》く。

西荻がビールに口を付けるのを躊躇《ためら》っていると「智空の事は気にしなくていいから。はい、カンパーイ」と勝手に瓶《びん》をぶつけ、一口飲んでから料理を再開する。

「おっ、カリグラフィーっぽいな。さすがそれで飯食ってるだけあるな」

「都合のいい時だけ褒《ほ》めるのやめろよ。じゃあこれ、外に出しておくから」

大きめのメニューボードを手に外に置いて店内に戻《もど》ると、カウンターには既に料理が並んでいた。

予約を取った時に頼《たの》んでいた料理だ。それを西荻と奥のテーブルに運ぶ。

店は町屋のように細長く、奥のテーブル席からはカウンターはほとんど見えない。席に座るとすぐに西荻は「変わった店だな」と口にして、珍しい料理を戸惑《とまど》い気味に眺《なが》める。

それを横目に俺はビールの蓋を開けて、空芯菜《クーシンサイ》の炒《いた》め物を摘《つま》む。西荻は躊躇いながらもプエルトリコ料理の一つであるモフォンゴを食べた。

「意外と美味《うま》いな」

「ここの店長は昔、流れ板だったらしいですよ。日本どころか、世界中を流れたみたいです」

どんな国の料理でも、材料さえあれば大抵《たいてい》は作れるらしい。そのため店の常連のほとんどが、故郷の味を懐《なつ》かしむ外国人だ。

「なんとなく田辺さんと雰囲気が似てると思ってたけど、そういう事か」

心外だなと思いながら、坊主頭《ぼうずあたま》の店主の方を見る。

「自分のペースで生きてるところが似てる。田辺さんも、あの人も何があっても動じなさそう」

「ああ、それはあるかもしれないですね。あんまり、良い事だとは思いませんけど」

確かに仕事で問題が起きても動じないし、ハリウッド並みのアクションシーンに巻き込まれてもパニックに陥《おちい》らない自信はあるが、それは恐怖《きょうふ》やトラブルに関してだけではなく、感動的な事柄《ことがら》に関してもそうだ。どんなに綺麗《きれい》な物を見ても、美しい音色にも心は震《ふる》えない。それを「綺麗」「美しい」と感じる事はできるが、だからといってそれ以上の何かを感じない。

二年間の放浪《ほうろう》を終わらせた時から、徐々に俺の心の感度は鈍くなってしまった。

「西荻さんも動じないじゃないですか」

俺には何故《なぜ》か過剰《かじょう》な反応を見せるが、仕事ではあまり動じない。辰巳達也を手配した時は焦っていたが、普段は入社三年目とは思えないほど落ち着き払《はら》っている。

「動じてる。見せないように、気を付けてるだけだ」

店はほどほどに混《こ》んでくる。酒がなくなってしまったので、カウンターで二人の分のビールを頼んで席に戻る。早いペースで瓶を空ける西荻を見ながら、以前居酒屋のトイレですれ違《ちが》った時の事を思い出す。吐《は》くまで飲んで、その後の店にも付き合っていた。あんな笑顔《えがお》を向けられては、接待相手は西荻が嘔吐《おうと》したなんて、気付きもしないだろう。

「結構飲んでますけど、大丈夫ですか？」

「まだ全然いける」

その言葉を信用して、西荻の酒量に干渉するのはやめた。飲みながら西荻は学生時代の話をした。

サッカー選手になれると中学までは本気で信じていた事や、その頃《ころ》の仲間と今でもよく飲む事。大学は地方の国立で、別れた彼女とは同じゼミだったと、何本目かのビールを口にして、西荻はとろんと酔ってきた目で打ち明ける。

「ちょうど、五人目の彼女」

「一人目の彼女はいくつの時ですか？」

「中一。キスしかしなかった。それだけですげぇどきどきして、悪い事してる気分になった」

結構酔いが回ってきたらしく、訊かれるがままに西荻は答える。

「西荻さん、酒弱いですよね」

「最近は前に比べれば強くなった方。今日はまだ平気だって。今日はまだ吐き気もないし」

今度は信用できず、西荻の目の前にあったビール瓶をさりげなく自分の方に引き寄せる。

「吐き気って、酒が体に合わないいんじゃないですか？　もう止《や》めた方が良いですよ」

ビールの代わりに酒を割るように使っていた水のボトルを渡すと、不服そうな顔をしながらも、大人しくグラスに空けて口を付ける。

酒のせいで赤くなった顔や潤《うる》んだ目を見て、女だったら簡単に持ち帰られているだろうな、と本人に知られたら怒《おこ》られそうな事を考えた。

「酒弱くて、人付き合いが苦手な営業って、大変ですね」

「最初は全然駄目《だめ》で、営業目標も達成できなかった。じっと人の話を聞いたり、それに対して気の利《き》いた事を言うのが苦手だった。だから会話が途切《とぎ》れる事も多かったけど、色々と練習したから今は少しましになった」

もしかしたらニシノロボットとしてQ&Aサイトを利用し出したのは、その為《ため》かもしれない。

「西荻さんは常に努力してて偉いですね」

半ば無意識に目の前に座る男の頭を撫でてから、指先に伝わる髪《かみ》の柔《やわ》らかさを意外に感じた。なんとなく西荻の髪はもっと、硬《かた》いと思っていた。

「触《さわ》るな」

振《ふ》り払おうとはしないが、赤い顔で不機嫌《ふきげん》そうにじっと俺を見上げてくる。だから名残惜《なごりお》しく手を離《はな》す。こんな風に無意識で同僚《どうりょう》の頭を撫でてしまう辺り、俺も酔《よ》っているのかもしれない。

「もう帰りましょうか。西荻さん歩けますか？」

西荻は案外素直《すなお》に頷いたが、実際立ち上がった足はふらついている。

そんな状態で一人にできるわけもなく、仕方なく家まで送る事にした。そうなると終電には間に合わないだろうから、今日は目黒《めぐろ》に住んでいるタツミの家に泊《と》まろうと勝手に決めた。

捕《つか》まえたタクシーに乗り込んでタツミにメールを打とうとすると、西荻が「今度は」と呟《つぶや》く。

「今度は、他《ほか》のメニューも食べてみたい」

西荻は重そうな瞼《まぶた》を瞬《またた》かせる。

「いつでも付き合いますよ。彼女とちゃんと別れたんで、休日の予定が空いてるんですよ」

西荻は「ふーん」と興味なさそうに言ってから、「その女、勿体《もったい》ない事したな」と呟く。

思わず振り向くと、西荻は特に自分の台詞《せりふ》に関心のない顔で、前の車のテールランプを見ていた。だから俺も、視線を外に向ける。

窓に映り込んだ西荻の顔を見ていると、じわりと掌《てのひら》が汗《あせ》ばんだ気がした。

灼熱《しゃくねつ》の大地に思える砂漠《さばく》だが、表面は熱くとも砂の中は夜の冷気を閉じこめていて、サンダルの爪先《つまさき》を潜《もぐ》り込ませると、僅《わず》かだが涼《りょう》を得る事ができる。迷えば致命的《ちめいてき》だが、ルートさえ守っていれば大した危険はない。むしろ危険なのは盗賊《とうぞく》と、太陽の方だ。日差しは皮膚《ひふ》を焼き、意識を朦朧《もうろう》とさせる。汗は皮膚の表面で乾《かわ》き、口の中は元より指先の皮膚から髪の毛まで体中が水を欲《ほっ》する感覚は、恐《おそ》らく経験者でなければ分からない。けれど俺は知っている。

リビアやシリアよりも、日本のヒートアイランド現象の方が数倍は耐《た》え難《がた》いという事を。

「うわ、すごい汗」

末松の指摘《してき》に「電車が満員すぎた」と答える。ムンバイほどじゃないが、夏の電車通勤は毎日我慢《がまん》大会だ。日本の暑さは数値こそ高くないが、湿気《しっけ》で余計に体力を奪《うば》われる気がする。

六月に入った時点でこれでは、本格的に夏が来るのが恐ろしい。

デスクに向かうと、そこに西荻からの「至急連絡《れんらく》」と書かれたメモが貼《は》り付けられていた。

どうして携帯《けいたい》に掛《か》けないんだと思いながらバッグから取り出すと、電源が切れている。まめに確認《かくにん》する方じゃないので、携帯はよく充電《じゅうでん》切れを起こす。

すぐに西荻に掛けると「打ち合わせに同行する予定だっただろ」と指摘される。慌《あわ》てて手帳を見ると、打ち合わせの予定は明日になっていた。

「今日でしたっけ?」

確かめるように口にすると「そうだ」と不機嫌な声が返ってくる。どうやら書き込む日付を間違《まち》えたらしい。西荻の背後からは、微かに電車のアナウンスが聞こえた。

「すぐに行きます」

「遅《おく》れるようなら先に進めてるから」

メトロとタクシーのどちらが早いかを考えて、メトロにした。打ち合わせ先に近い駅を出てから先方の会社の横にあるカフェに入った時は、既《すで》に約束の時間を二十分以上過ぎていた。

イベンターとの打ち合わせと聞いていたが、先方は顔見知りだった。

「お久し振りです」

最初からこの時間に来るつもりだったという表情で手を差し出すと、恰幅《かっぷく》の良い担当者が肉厚の手で握《にぎ》り返してくる。

「デザイナーの名前が田辺だって聞いてたけど、田辺くんだったのか。なんだぁ」

担当者はコーラにさしてあるストローに口を付けた。

「なんだってひどいな。あ、珈琲《コーヒー》お願いします」

近くを通りかかったウェイトレスに注文をして、担当者が捲《めく》っている資料を盗《ぬす》み見る。資料は西荻からメールで回って来ていたが、明日だと勘違いしていたので確認していなかった。

書かれた文字を斜《なな》め向かいから読むのはきついと思っていると、西荻が無言で自分の分の資料を俺の前に置く。軽く会釈《えしやく》すると営業用の顔で微笑《ほほえ》まれた。

ああ、これ相当怒ってるな。

「田辺くんてさぁ、絵は派手なのに、デザインは結構シンプルだよねぇ。多少べたでも今回はもっと大胆《だいたん》にやって貰《もら》って良いんだよね。コレ若い男の子向けの企画《きかく》だからさぁ」

「その二枚下に、派手なパターンも入れてみました」

正直初めの二案は捨て案だ。異なったテイストで三案ぐらい出して欲しいと言われたが、良いと思えるのが一つしか無かったので、それを選んで貰えるように残りは敢《あ》えて手を抜《ぬ》いた。

「ああ、そうそう、こういう派手な感じのが良いね。これで進めて貰おうかな」

そんな風に俺が先方と話している間中、西荻は終始穏《おだ》やかな笑みを浮《う》かべていた。打ち合わせが終わる瞬間《しゅんかん》が怖《こわ》いと懸念《けねん》していると、その時間は割りと早くやってきた。

カフェを出てメトロの階段を下りると、「二度とするなよ」と睨《にら》まれる。

自分に完全に非があるので素直に謝ると、西荻は「もしかして体調でも悪いのか?」と、僅かに心配を滲《にじ》ませた顔で俺を見る。

西荻の言葉に首を傾《かし》げると、「なんだ、本当にただの遅刻《ちこく》だったのか」と呆《あき》れ顔を返された。

「すみません」

軽く頭を下げて、電車を待つ間に自動販売機《じどうはんばいき》でいつもと同じ銘柄《めいがら》の缶《かん》珈琲を買う。謝罪は全部これに代弁してもらっている。ホームに立つ西荻に渡《わた》すと「今度遅刻したら一年分奢《おご》らせるからな」と睨まれた。視線は鋭《するど》いが、三月と比べると、幾分《いくぶん》ましだ。

待っていた電車がちょうど来たので、西荻は缶珈琲を鞄《かばん》の中に入れる。

「昼飯食ってから帰るだろ？　どうする？」

「勝隣軒《しょうりんけん》が始めた激辛《げきから》ラーメンが美味《うま》いって工藤さんが言ってましたよ」

「この暑いのに？」

今にも舌を出しそうな顔で額の汗を拭《ぬぐ》っているサラリーマン達とは対照的に、西荻はさらりとした顔をしている。しかし、内心では西荻もこの暑さに辟易《へきえき》としているのかもしれない。

太陽はビルに当たり、反射して地面に降り注ぐ。アスファルトは焼けるようで、逃《に》げ場のない熱気はビルの隙間《すきま》に溜《た》まり続けている。地下鉄の車内には熱く淀《よど》んだ空気が渦巻《うずま》いていた。

「暑い時に熱い物って良いらしいですよ」

西荻は「熱い物か。温泉とかなら行きたいけど」と口にする。

夏に温泉なんて珍《めずら》しいと思っていると「汗流して、ビール飲んで旅館で寝《ね》たい」と言った。

「つまりそれって、休暇《きゅうか》が欲しいって事ですよね」

温泉は関係ないんじゃないのかと思い指摘すると、西荻は「このところ大きな仕事ばっかりで気が抜けなかったんだよ」と言い訳のように呟く。

「じゃあ、行きますか」

「そんな暇《ひま》ないだろ」

「月末ならスケジュールが空くんじゃないですか？　一泊《いっぱく》二日で関東の温泉地ならそれほど無理じゃないと思いますよ」

西荻は「スケジュール、確認してみるけど。でも今日の昼食は蕎麦《そば》にする」と口にした。

特に異論のない俺が頷《うなず》くと、西荻はさっそく携帯で蕎麦屋の情報を検索《けんさく》しはじめる。

「最近の若い子って、結構みんなすぐ携帯のツールを使いこなしますよね」

目に入った西荻の携帯のディスプレイには地図が表示され、蕎麦屋のある場所にフラッグが立てられていた。そうやってみると、意外と会社の周りは蕎麦屋が多い。

「若い子って、田辺さんいくつ？」

「二十七ですけど」

「あんまり変わらねぇじゃん。年のせいじゃなくて、元々苦手なだけだろ」

西荻がおかしそうに笑う。営業用とは違《ちが》う砕《くだ》けた笑顔《えがお》を見て、一瞬《いっしゅん》車内の蒸《む》し暑さを忘れた。

「確かにそうですね。仕事で使ってるソフトの使い方を覚えるのも、苦労しましたから」

デザインで使うソフトはかなり癖《くせ》がある。専門時代に初めて使った時は辟易した。

「いくら疎くても、携帯のツールぐらい、使えるようになれよ」

呆れ顔で言われ、西荻が機械に詳《くわ》しい事を思い出す。会社で機械関係のトラブルが起きると、みんな西荻を頼《たよ》る。

会社の近くの駅で降りて、西荻が携帯を使って見つけた店で蕎麦を食った。俺は美味かったが、西荻はそう思わなかったようで「別の店にすれば良かった」とぼやく。

会社のビルに入ってエレベーターが来るのを待っていると、西荻が「そういえばうちの会社のエレベーター、幽霊《ゆうれい》が出るって知ってるか？」と言い出した。

「幽霊ですか？」

非科学的な言葉に首を傾げると、エレベーターが到着《とうちゃく》する。カゴに乗って会社のあるフロアのボタンを押すと、西荻が僅《わず》かに潜《ひそ》めた声で、俺を脅《おど》かすように「そう」と頷く。

「深夜にエレベーターを使おうとすると、ボタンを押してもないのに三階で停《と》まるんだよ。誰《だれ》も待っていない真っ暗なフロアでドアが開いたことが何度もある」

真剣《しんけん》に話す西荻の横顔にこれが冗談《じょうだん》じゃないと知り、面白《おもしろ》いから一生黙《だま》っていようかと悩《なや》む。サンタクロースを信じている子供に対して、真実を教えるのはこんな気分だろう。

堪《た》えきれずに思わず噴《ふ》き出してしまった。

「笑ってるけど、俺以外の連中も経験してるみたいだぞ」

「そうでしょうね」

拗ねた顔を見て、笑いが加速する。俺よりもずっとしっかりして見える西荻が、そんなものを恐《おそ》れているのがおかしい。

「いい加減黙れよ」

口にした事を後悔している西荻に「それ、特別運転ですよ」と教える。

「三階が主階床《しょう》に設定されてるんじゃないですかね。利用の少ない時間帯とか、逆に多い時間帯とかに省エネのために特別運転にする会社って結構ありますよ」

以前、エレベーターの管理会社に勤める友人が「パートタイムの幽霊が出るって呼び出された」と笑いながら語っていた。確かに無人のフロアでエレベーターが停まったら、それを不気味に思う人も多いだろう。

「……」

西荻は顔を赤くして黙り込む。その顔が可愛《かわい》いと思った。同性なのにきゅっと結ばれた唇《くちびる》の形が無駄《むだ》に綺麗《きれい》で、つい見入ってしまう。

西荻はエレベーターの扉《とびら》が開いた途端《とたん》、逃げるようにカゴを降りる。その後ろ姿を追い掛《か》けて横に並ぶと、顔はまだ赤いままだった。

「西荻さん、幽霊苦手なんですか？」

墓地での花見を嫌がっていた事を思い出し茶化《ちゃか》すと、背中を拳《こぶし》で軽く殴《なぐ》られた。

旅行する時に使うのは時刻表と地図ぐらいだった。

プランを立てずにぶらりと現地に行って、地元の人間に名所や良い店を教えて貰うのが常だ。下準備はせいぜい地図や交通事情を確かめる程度だったが、今回は同行者がいるので事前に調べておこうと、昼休憩《きゅうけい》の序《つい》でに本屋に出向く。

遠くても房総《ぼうそう》辺りで移動時間は片道三時間程度が良いだろうと、数あるガイド本の背表紙に視線を這《は》わせていると、以前自分がライターとして関《かか》わった本が見つかる。複雑な気持ちが蘇《よみがえ》り、それ以上本屋にいる気にならず、何も買わずに会社に戻《もど》った。

エレベーターを降りると、フロアの隅《すみ》にある休憩スペースに座っている西荻と目が合う。休憩スペースは昨今では貴重な喫煙《きつえん》所でもあるので、その唇には細身の煙草《たばこ》が咥《くわ》えられていた。

「そういえば、月末平気だった」

西荻は俺を見て思い出したように口にする。

「温泉ですよね。どの辺りに行きたいですか？」

場所さえ西荻に絞《しぼ》り込んで貰《もら》えば、後は宿と足を確保するだけだ。

「尾瀬《おぜ》」

「尾瀬って、福島と新潟の間にある湿地《しっち》帯ですよね？」

標高が高く、水芭蕉《みずばしょう》が群生しているという程度の印象しかないが、空気は澄《す》んでいそうだ。

「みたいだな。知り合いが、涼《すず》しくて良いって言ってたし、温泉もあるみたいだから」

「尾瀬なら現地での行動はレンタカーにした方が良いかもしれませんね」

どうせなら、色々な所を見て回りたい。いっそ現地で借りるのではなく、都内から使ってレンタカーで行くのも良い。高速を飛ばせば、それほど時間も掛からないだろう。

「じゃあ今月末の土日で探しておきますよ」

「よろしく」

ちょうど休憩時間が終わったので、二人でオフィスに戻る。

それから俺はデザイン室で一人、最後まで残業して、月末の土日を空けるためにいくつか前《まえ》倒《だお》しで仕事を片づける。ようやく終って伸《の》びをした時に、ふと思いついて会社のパソコンから、久し振《ぶ》りにニシノロボットのページにアクセスした。

『質問：関東近郊に一泊二日で温泉旅行する場合、どの辺りが最適でしょうか？』

新着の質問に対して、数十件の回答が並んでいる。

回答の中には「お久し振りです」という言葉や「ニシロボさん、ご旅行ですか？」という問いかける物も多かった。どうやらニシノロボットはこのQ&Aサイトで好かれているらしい。

花丸回答は「水上《みなかみ》インター（群馬）から行ける尾瀬なんてどうですか？　尾瀬は涼しくて避《ひ》暑《しょ》地にぴったりですし、温泉だけでなくトレッキングも楽しめます。近くの川でカヤックや沢《さわ》釣《づ》りなどのアクティビティも体験できますよ」と回答したフクシマンが選ばれている。

「知り合いって、フクシマンか」

福祉《ふくし》の仕事をしてるのか福島の人間なのかは知らないが、その回答に対して西荻は「皆様《みなさま》、ありがとうございます。尾瀬で同行者に訊いてみます。決まったら、また色々教えてください」と返答している。本人に黙ってメールの中身を覗き見ているような罪悪感はあるが、ニシノロボットとしての西荻は普段《ふだん》よりもずっと可愛くて楽しい。

「三次元も、もっと可愛げがあればな」

そう呟《つぶや》いてから、いや、と思い直す。

躊躇《ためら》いがちに缶珈琲《かんコーヒー》を差し出してきた時や幽霊の話をした時は可愛かった。いや、その時だけじゃないと記憶を探り、何度も西荻の事を可愛いと思っている自分に気付いて、戸惑う。

「これ、まずいよな」

何がまずいのかは分からないが、まずい気がする。

口に出したら余計に実感してしまい、胸の奥が嵐の前兆のようにざわめいた。

尾瀬の近くにあるロッジの予約とレンタカーの手配、それから日帰りで利用できる温泉までのルートの確認《かくにん》を済ませたのは、尾瀬に行く一週間前だった。

予定を立てると、途端に旅行が楽しみになる。こんな気分は久し振りだった。

土日に予定がずれ込まないように、広告会社の仕事も個人で引き受けている仕事も調整し、今週末は尾瀬に行けるという時になって、急に制作部から声を掛けられた。

「田辺くん！　田辺くん！」

まるで溺《おぼ》れる者のように俺の名前を呼ぶ編集者。その前に積み上げられた原稿《げんこう》。そして迫《せま》りくる入稿日。頼《たの》まれる事は予想できていた。

「分かりました。手伝います」

俺の言葉に工藤さんは子供のように瞳《ひとみ》を輝《かがや》かせて、外注のライターに書かせた校正原稿の束を渡《わた》してくる。思った以上に多いそれを手に、空いているデスクに腰《こし》掛《か》ける。

渡されたのはカード会社が発行する機関誌の校正原稿だった。受注した時は作業を編プロに投げるという話だったが、社内で回す事になったと、以前工藤さんがぼやいていた。

「ごめんね、ごめんね。それ明日の朝までなんだよ」

「いいですよ。このところずっと前倒しで作業してたんで、抱《かか》えてる仕事に余裕《よゆう》ありますから」

土日さえ空けば、平日は残業しても構わないと、赤ペンと付箋《ふせん》を借りて、原稿に向き合う。

けれど実を言えばライターをしていた学生時代から、この作業が一番苦手だった。二人して黙々《もくもく》と校正をしていつの間にか午後の遅い時間になると、腹が鳴る音が聞こえた。

「田辺くん、ファミレスにデリバリー頼むけど何がいい？」

「グラタンとボンゴレで」

文字を追いながら俺が答えると、工藤さんは受話器を上げて注文する。

一枚、二枚と、皿屋敷気分で枚数を数えながら仕事をしていると、文字を追いすぎてゲシュタルト崩壊《ほうかい》を起こす。気を取り直すように眉間《みけん》を揉《も》んで、「みょうちきりん」の正確な意味を調べる。「奇妙《きみょう》」と同義で良いのかと思いながら辞書を引くと、「へんちくりん」と説明されていた。仕方ないので「へんちくりん」を調べると「みょうちきりん」とある。思わず辞書を投げそうになった。出口のない、完全なるクローズドサークルだ。

一瞬《いっしゅん》にしてやる気が殺《そ》がれ、それを取り戻すために珈琲を口に含《ふく》んだところで、工藤さんが「田辺くんさぁ、ライターの仕事もうしないの？」とおもむろに口にする。

「俺さ、田辺くんがスプートニクに連載《れんさい》していたコラム好きだったよ」

高校時代、旅行記のコンテストで賞を受けたのをきっかけに、ライターとしての仕事が入ってくるようになった。最初は小さな記事ばかりだったが、専門時代は旅行誌に定期的に寄稿《きこう》していた。卒業後二年間世界を放浪《ほうろう》していた時は原稿料に随分《ずいぶん》助けられた。

「あのコラム書籍《しょせき》化すればよかったのに」

「書籍化するほど溜《た》まってなかったし、雑誌も休刊しちゃいましたから」

そう言いながら、仮に雑誌が休刊しなくてもライターの仕事は辞《や》めていただろうと思った。それほど情熱を持っていたわけではないし、何より書かない事が俺にとってのけじめだった。

「そういえばそうだったな。でも田辺くん、鉄道関係の雑誌にも連載してたよなぁ」

「仕事は断りませんから、なんでもやってましたよ」

仕事を選《え》り好みできる立場じゃなかったし、選り好みするほど大したポリシーを持っていたわけでもなく、放浪時代は常に金欠だったので依頼《いらい》があれば全て引き受けていた。

「田辺くんの記事に触発《しょくはつ》されて、友達がオーストリアまで行ったんだよな。あの綺麗《きれい》な橋、なんて名前だったか」

「カルテリンネ鉄橋ですね」

毎回毎回、各国の鉄道を話題にしていた。オーストリアなら恐《おそ》らくあの鉄橋だろう。季節によって色を変える山の中で、あの美しい高架《こうか》橋が現れる瞬間《しゅんかん》はいつも感動する。

「また書きなよ。あんな事で書かなくなるの、勿体《もったい》ないって」

「そうですね」

生返事を返すと、工藤さんは俺の前に校正原稿を追加する。

ようやく順調に減ってきたと思ったのに、また終わりが見えなくなった。

「あと何枚あるんですか?」

思わず問いかけると、工藤さんが「知らない方が幸せな事って、世の中にたくさんあるんだぜ」と疲《つか》れた顔で辞書を引き寄せた。結局、解放されたのは日付を跨《また》いでからだった。

「残りは俺が持ち帰るよ」と疲れた顔で笑う工藤さんと、駅まで向かう。電車に乗ろうとしたところで、西荻から電話が掛かってきた。

目の前の電車を見送って、通話ボタンを押す。プラスチックのベンチに座り、緩《ゆる》やかに湾《わん》曲《きょく》しているホームの縁《ふち》を眺める。

『西荻です。今仕事中か？』

「いや、大丈夫《だいじょうぶ》です」

恐らくまた外から掛《か》けているのだろう。西荻の背後からノイズが入ってくる。疲れているのか、働くサラリーマンの鑑《かがみ》のような男の声が、今は憔悴《しょうすい》して聞こえた。

「何か問題でもありましたか？」

こんな時間に西荻から電話を受けるのは初めてだ。仕事に不備でもあったのかと懸念《けねん》していると、「取引先と急な打ち合わせが週末に入った」と口にする。

『週末の旅行は他《ほか》の奴《やつ》を誘《さそ》ってくれ。もしキャンセルするようなら料金は俺が出すから』

「仕事なら仕方ないですね。キャンセルの件はなんとかしますから気にしなくていいですよ」

『本当に悪い』

酷《ひど》く残念そうな声音《こわね》を聞き、責められるわけもなく「お疲れさまです」と言って電話を切る。

今週末だから、誰《だれ》か誘うなら早めに動かなければならない。実際、一泊《いっぱく》二日程度ならスケジュールを空けられる知り合いは何人もいるが、連絡《れんらく》を取る気にならなかった。西荻以外の人間を誘いたいと思えない。だからといって一人で行く気にもならなかった。

　電車の来ない線路を眺めていたら、俺が楽しみにしていたのは旅行ではなく、西荻と出掛《でか》ける事だったのだと気付いた。


『もう凄《すご》く可愛《かわい》いの！　うちの嫁《よめ》が可愛すぎて困る！　水芭蕉《みずばしょう》と戯《たわむ》れるミカちゃんの美しさがありえないんだよ。こう、ムリーリョの描《えが》く無邪気《むじゃき》なマリアかつデルヴォーの人魚みたいな』

　機械音で起こされるのは嫌《いや》だから、ラジオのタイマーを目覚まし代わりに使っている。だからいつも朝一番に聞くのは、軽快なメロディと、パーソナリティの優《やさ》しい声の筈《はず》だった。

　しかし土曜日の朝に耳に飛び込んで来たのは、脳に花が咲《さ》いた友人の惚気《のろけ》話だった。

「何時だよ。って、七時かよ。マジで、なんなのお前」

　一日目なのにもうすでに現地にいるということは、一体何時に家を出発したのか。

『爽《さわ》やかな朝をお裾分《すそわ》けだよ。水辺を渡ってきた冷たい風が水芭蕉とミカちゃんのスカートの裾《すそ》をふわっと揺《ゆ》らして、そしたらミカちゃんが俺の方を振《ふ》り返ってにこって……』

　心の底から友人夫婦《ふうふ》に尾瀬《おぜ》旅行を譲《ゆず》った事を後悔《こうかい》する。打診《だしん》した時のオサムはあまり乗り気じゃなかったが「雄大《ゆうだい》な自然の中にいるミカちゃんは綺麗だと思う」と口にした途端《とたん》に、俄然《がぜん》張りきって現在に至る。斯《か》くして俺は、あの嫁依存症《よめいそんしょう》に起こされるはめになったわけだ。

その苛立《いらだ》ちを指先に込めて電源ごと携帯《けいたい》を切る。

「………仕事するか」

折角《せっかく》の休日なのでもう少し寝《ね》るつもりだったが、もう既《すで》に眠気《ねむけ》は消えてしまった。シャワーを浴びてから朝食も取らずにパソコンを立ち上げる。オサムに対するフラストレーションのお陰《かげ》か普段《ふだん》よりも集中できたので、午後に差し掛かる頃《ころ》には、粗方《あらかた》終わってしまった。やる事もないので部屋を片づけ、空になっていた冷蔵庫を満たすべく、近くのデパートに向かう。夕食は自炊《じすい》する事に決めて、買い物を済ませて部屋に戻《もど》った。暇《ひま》なので以前イタリアで教わった通りに小麦粉を練り上げてパスタを作っていると、陽《ひ》が落ちてくる。

電気を点《つ》けようと台所から離《はな》れた時に、ベッドに置いたままの携帯が目に入った。流石《さすが》にもう嫁中毒から連絡はないだろうと思い電源を入れると、着信がいくつも並んでいる。発信者を確かめる前に、手の中の携帯が音を立て、液晶《えきしょう》に西荻の名前が表示された。

一体何の用だろうと疑問に思いながら、通話ボタンを押す。

「はい」

『田辺さん？　もし一人で行ってるなら、今から新幹線に乗ってそっちに行くけど』

挨拶《あいさつ》もなく唐突《とうとつ》に始まった会話に付いていけず、急いだ様子の西荻に、「は？」と返す。

『だから、今仕事が終わったから新幹線でとりあえず尾瀬方面に向かうから』

「でも、俺……家ですけど」

『……田辺さんもキャンセルしたのか？』

「今回は、友人夫婦に譲りました」

途端に電話の向こうから気落ちした雰囲気《ふんいき》が伝わってくる。もしかしたら尾瀬に向かう為《ため》に、急いで仕事を終わらせたのかもしれない。

旅行を楽しみにしていたのは西荻の方だったのを思い出し、気の毒になる。

「俺、今日暇なんですけど……もし時間があるなら、飲みに行きませんか？」

『そうだな、じゃあ今から一時間後に日暮里《にっぽり》まで行く』

未練の残る声でそう言うと、西荻は電話を切った。

とりあえずパスタは明日の朝食に回す事にして、近くの串焼き屋《くしや》を予約する。

電話を受けてからちょうど一時間後に改札を通り抜《ぬ》けて来た西荻は、疲れているように見えた。そういう態度を外に出すのを好まない人間だから、珍《めずら》しい。

「お疲れさまです」

声を掛けると西荻は内心を繕《つくろ》わずに、「疲れた」と口にして「腹減った」と続ける。

「そこの店、席とってありますよ」

駅前の近くにある小さな店に向かい、赤い提灯《ちょうちん》の横にある襖《ふすま》風のガラス戸を開けた。

中はカウンターとその後ろには畳《たたみ》のテーブル席が三席程度あるだけだ。

「田辺ちゃん、こっち座って」

店主が指で指した、入り口に近いカウンターに西荻と並んで腰掛《こしか》ける。

店の中は揚《あ》げ物の匂《にお》いが充満《じゅうまん》し、席の上には油の入った釜《かま》が置かれていた。とりあえず盛り合わせと生中を注文し、乾杯《かんぱい》をしてからアスパラのベーコン巻きを油にくぐらせる。

腹が減っていたのか西荻はろくに話もせずに、次から次へ串を空にしていく。

食べるのと同じペースで無くなっていくジョッキを見て、早くも心配になった。

西荻が自分の酒量をセーブできるタイプではないと知っているだけに余計だ。

「何か嫌な事でもあったんですか？」

「土日にいきなり打ち合わせとか」

西荻はぽつりと呟《つぶや》くと冷えたまま空になったジョッキを店主に渡し、追加を貰《もら》う。頼《たの》んだ料理を粗方食べ尽《つ》くす頃には、ようやく一段落着いたように煙草《たばこ》を取り出し、咥《くわ》えてから俺の存在に気付いた。

「いい？」

薄《うす》く色付いた顔で、窺《うかが》うように上目で見つめられる。その顔を見ていたら、落ち着かない気分になった。誤魔化《ごまか》すように、西荻から視線を外して離れた所にある灰皿を取ってやる。

「平気ですよ。俺も昔は吸ってたし」

「止《や》めたのか？」

「そういえばここ何年か吸ってないですね」

禁煙する気はなかったが、自然と吸わなくなっていた。だけど何故か西荻の唇《くちびる》や、煙草に触れる指先から目が離せなくなる。もしかして吸いたいんだろうかと自問自答してしまう。

「今回の、悪かったな」

「西荻さんのせいじゃないから、謝らなくていいですよ」

「でかい風呂《ふろ》で汗流すの楽しみにしてたんだけどな」

居酒屋のクーラーは利きが甘い。目の前に揚げ物用の油があるので尚更《なおさら》だ。

俺ですら暑いのだから、ジャケットを着ている西荻は余計だろう。ネクタイぐらい緩《ゆる》めればいいのに、きっちりと上まで締《し》めている。その格好を見ていたら、俺まで暑苦しくなった。

「じゃあこれから銭湯でも行きますか？　24時間営業のところとか、あると思いますけど」

俺がそう言うと、西荻が腕時計《うでどけい》に視線を落として、眉《まゆ》を寄せる。

「終電無くなったら泊《と》めますよ」

友人を泊める事は良くある。だからそう提案すると、迷うような素振《そぶ》りを見せてから「服、借りていいか？」と口にする。真面目《まじめ》にそんな心配をしているのをおかしいと思いながら俺が頷《うなず》くと、早速《さっそく》携帯を取り出して銭湯を調べ始める。地図の上には蕎麦屋《そばや》の時と同じようにいくつもフラッグが立っている。西荻は首を傾《かし》げながら、色々ある銭湯のどれを選ぶか迷っていた。

「スーパー銭湯と普通《ふつう》の銭湯って何が違《ちが》うんだろうな」

「さぁ。でもなんか強そうですね」

銭湯を決めると、料理を片づけて店を出た。電車でも行けるが、面倒《めんどう》でタクシーを使う。

チェーン展開で終日営業のスーパー銭湯は、作務衣《さむえ》姿の従業員が暇そうに受付に立っていた。

中は想像よりも広く、風呂の種類も豊富だった。銭湯というよりも、店のコンセプトは温泉に近そうだ。小さいが露天風呂《ろてんぶろ》もある。もしかしたら風呂数の多さがスーパーなのだろうか。

ざっと体を洗ってから、空いてる風呂に入る。

ぼんやりと湯に浸《つ》かり、首置き用の石に頭を乗せていると、洗い場から出てきた西荻が横のジャグジーに入る。ジャグジーは比較的《ひかくてき》人気で、他《ほか》にも二人ほど使っていた。週末といえど、遅《おそ》い時間なのであまり賑《にぎ》やかではない。

もうすぐ山手の終電が出る時間だと、壁に掛《か》けてある防水の丸い時計を見つめる。

西荻は疲《つか》れを癒《いや》そうとするように、西荻はろくに話さずに目を閉じて湯船に浸かっていた。

しばらくしてサウナに向かう西荻と別れ、俺は先に脱衣《だつい》所に戻って服を着る。

風呂は好きだが、湯船はすぐに逆上《のぼ》せてしまって駄目《だめ》だ。女じゃないから、風呂上《ふろあ》がりにする事もなく、籐椅子《とういす》の上で火照りを冷ましていたが、西荻はなかなか出て来ない。

酔った状態の西荻が頼《たよ》りにならない事を知っているので、もしかしてサウナの中で寝《ね》てるんじゃないのかと心配になる。疲れている状態で風呂に入れば、酒の回りは余計に早いだろう。

「……とりあえず様子だけ見るか」

もう一度服を脱《ぬ》ぐのが面倒だったので、裾が濡れるのも構わずにそのまま中に入る。

俺が出た時よりも客が減り、風呂の方にはあまり人が残っていなかった。

サウナの中で倒《たお》れていたら、西荻に酒を飲ませるのはもう止めようと思いながら、ドアを開ける。中は乾《かわ》いた空気で満ちていた。そして目に飛び込んできた光景に、一瞬思考が停止する。

炭がぶすぶすと音を立てるのを聞きながら、理解できない状況《じょうきょう》に「は？」と口にしてしまう。

「田辺さん」

頼りない声で西荻が俺を呼ぶ。腰に巻いた薄いタオルは捲《めく》れ、引き締まった足が際《きわ》どい部分まで晒《さら》されていた。小太りの中年男の間で、ほとんど何も纏《まと》っていない西荻が嫌がるように首を振る。

その足の付け根に太い指が芋虫《いもむし》のように這《は》っている。西荻の両手首はしっかりと押さえられ、括《くび》れている腰にも見知らぬ男の腕《うで》が回されていた。贅肉《ぜいにく》の下に筋肉を連想させるようながっしりとした男達の間で、動きを封《ふう》じられていた西荻が俺に助けを求めるような顔を向ける。

迷子の子供が母親をやっと見つけた時のような、泣き出す一歩手前の表情だった。

揺《ゆ》らぐ目と視線が合った瞬間《しゅんかん》に、ようやく固まっていた脳味噌《のうみそ》が再起動する。

「何してんだ、あんたら」

西荻がいやらしく触《さわ》られている様を見て頭に血が上った。

西荻の手首を摑《つか》む男の手を問答無用で踏《ふ》みつけると、その反動で西荻の片手が自由になる。

肉と木の板がぶつかる乾いた音が室内に響《ひび》き、男がぐっと呻《うめ》き声を上げた。

「っ、てぇな」

凄《すご》む男を無視して、未《いま》だに西荻の体に触れているもう片方に視線を向ける。

肩《かた》には青を白取りした波の刺青《いれずみ》が見えた。真っ黒に日焼けした顔は、不敵に笑っている。

「兄ちゃん、楽しんでるとこに横入りはいけねぇよなぁ」

その顔を見ながら「放せよ」と口にした。下卑《げび》た笑みを浮《う》かべながらも、大人しく手を放した男は嘲笑《あざわら》うように「こいつが誘《さそ》って来たんだよ」と西荻を見る。

その言葉を聞いて反射的に男を睨《にら》み付けると、西荻が不意に俺の右手を両手で摑む。

ああ、腰が抜《ぬ》けてるのかと気付いて、抱《かか》えるようにして立ち上がらせた。ともすればふらつきそうになっている西荻を抱《だ》き締めると、西荻は文句も言わずに腕の中に収まる。

心なしか怯《おび》えて硬《かた》くなってる西荻に「そりゃそうだよな」と心の中で呟く。

誰《だれ》だってサウナに入った途端《とたん》に、刺青を背負った男達が自分の体を弄《いじ》くり回してきたらびびる。疲れ切って酒が入っていた状態の西荻が、それに対処できるとは思えない。もっと早く助けてやればよかったと後悔《こうかい》していると、「早く出たい」と西荻が掠《かす》れた声で口にした。

その瞬間、自分でも不思議なぐらい目の前の男達に対して、苛立《いらだ》ちを覚える。

剣呑《けんのん》さを増した目で睨み付けると、刺青を背負ってる方が好戦的な目をしたが、手を出す前に西荻が促《うなが》すように俺の名前を呼んだ。

「田辺さん」

急《せ》かされて、西荻を庇いながらサウナを出る。ドアについた細長いガラス戸越《ご》しに見た彼等は、気味悪く笑っていた。それを見た途端に自分が触られたわけでもないのに、気分が悪くなる。

「平気ですか？」

「……無理。意味分からねぇし」

いきなり男に襲《おそ》われて混乱している西荻は俺の服の端を握《にぎ》り、「誘ってない」と分かり切っている事を口にする。普段の自信に満ちた態度が嘘《うそ》のように怯えている西荻をらしくないと思いながら、「分かってますよ」と剝《む》き出しの肩を擦《さす》って宥《なだ》めた。

「もしかしたら、此処《ここ》、そういう場所だったのかもしれないですね」

未だ自分の中で燻《くすぶ》っている苛立ちに戸惑《とまど》いながらも、怒《いか》りから目を逸《そ》らす為《ため》に軽く言う。

脱衣所に引っ張り込むと、「そういう場所って何？」と頼りない口調で訊かれる。

「男同士がそういう、性的な出会いを求める、ような」

直接的な表現を避《さ》けたのは、西荻のショックを和《やわ》らげる為だ。二人や次にサウナに入る客が何をするかなんて、考えたくもない。それとも、たまたまあの二人だけがそうなのか。

西荻はまるでナメクジに体を這われたかのような表情で固まると、「気持ち悪い」と呟《つぶや》く。

眉を寄せる姿に「とりあえず、未遂《みすい》で良かったじゃないですか」とわざと軽い調子で励《はげ》ます。

「未遂?」

西荻は首を傾げてから、既遂《きすい》が何を指すのか想像して肩を震《ふる》わせた。余計な事を口にしたと反省しながら着替《きが》えを促すと、自分が裸《はだか》だった事を思い出した西荻が、記録的な速さで服を身につけていく。

「ありえねぇ。きもい」

足早に銭湯を出る西荻を追いかけるように歩き、終電が出てしまった駅の方向に向かう途中でタクシーをつかまえた。

「俺、今まで女性専用車両って、男差別だと思って反対だったけど今日からは賛成派に回る」

幾分冷静さを取り戻した西荻が銭湯に来た時よりもずっと疲れ切った顔で呟く。

「田辺さん、さっきの事誰にも言うなよ」

「言いませんよ」

「なら……いいけど。……田辺さんの家、酒ある?」

「ありますけど。それ以上飲むの止めた方がいいんじゃないですか?」

既《すで》に顔の赤みは引いているが、酔《よ》いが完全に醒《さ》めているとは思えない。

「飲まねぇと、無理」

自棄酒《やけざけ》宣言をしてから西荻は「あのまま田辺さんが来なかったら、本気でやられてたかもな」と口にして、怖くなったのか自分の腕をぎゅっと手で摑む。職場では絶対にしない怯えた顔を見て、反射的に西荻の頭を弟にするように撫《な》でた。

それからタクシーが家に着くまで、西荻は何もしゃべらなかった。ようやく言葉を発したのは、俺が自宅の前で足を止めてからだった。

「これ、家なのか？」

「そうですよ。こっちが入り口」

シャッターは通りに面しているが、一階のドアは建物の横に付けられている。人一人しか通れない細い敷地《しきち》を通って、最後までは開ききらないドアを開けて中に入った。

階段用に吊《つる》された裸電気のスイッチを入れると、薄暗《うすぐら》い倉庫の中身がぼんやりと浮き上がる。音を立てて鉄製の急な階段を上がり、二つ目のドアの鍵を開けて部屋の電気を点《つ》けた。

「田辺さんの部屋、何人《なにじん》の部屋か分からないな」

それは部屋に来る人間全員が抱《いだ》く感想なので、既に聞き慣れている。自分でも時折そう思う。

「玄関《げんかん》は段差ないので、その辺りで靴脱《くつぬ》いでください」

西荻は自分の履《は》いていた革靴《かわぐつ》を脱いで、絨毯《じゅうたん》に上がった。

俺は部屋の奥にあるチェストから着替えを選ぶ。ジャージー地の半袖《はんそで》と、緩《ゆる》めのハーフパンツを渡《わた》そうとすると、既に西荻は冷蔵庫の中から酒を取り出して飲んでいた。

「こら」

西荻の手からワインボトルを取り上げる。この短時間で半分以上無くなっていた。むっとした顔の西荻を酒から引き離す為に「酒より、あいつらに触られたところ洗ってきたらどうですか？　風呂《ふろ》貸しますから」と提案した。

西荻は意外にも大人しく従い、着替えを手に風呂場に向かう。西荻が風呂を上がるタイミングを見計らって、炭酸水とオレンジジュースをグラスに入れてステアした。

「何？」

濡《ぬ》れた髪《かみ》をタオルで拭《ふ》きながら出てきた西荻は、俺が差し出したグラスを見て首を傾《かし》げる。頬《ほお》が上気している理由は風呂のせいだけではない。弱いのにビールの酔いが醒めないうちにワインなんて飲むからだ。

「ミモザです」

堂々と嘘を吐《つ》く。ここまで酔っていたら炭酸水とシャンパンの区別は付かないだろうと、細長いグラスを二つ手にしてソファに座った。

西荻は俺の横に腰を下ろしてグラスを受け取り、一口飲んでから「これ、美味《うま》いな」と喜ぶ。うまく騙《だま》されてくれた事にほっとすると同時に、西荻の首の所が赤くなっている事に気付く。

「西荻さん、キスマークついてますよ。もしかして、触られただけじゃないんですか？」

「首とか指は嘗《な》められた」

「マジかよ」

思わず素《す》で驚《おどろ》くと、西荻がこくりと頷《うなず》く。やっぱり一発や二発、殴《なぐ》っておけば良かったと、あの時感じていた怒りが膨《ふく》らむ。ただの男友達が同じ事をやられたら、多分笑い飛ばして「運が悪かったな」と慰《なぐさ》めるだけだ。多少は憤《いきどお》るとしても、ここまで不快な気分にはならない。自分の内側に渦巻《うずま》く衝動《しょうどう》的な怒りが、理解できずに眉《まゆ》を顰《ひそ》める。

そんな俺を余所《よそ》に、西荻は窓辺に置いたスタンド型の鏡で痕《あと》を確認《かくにん》すると、顔を歪《ゆが》ませた。

「これ、嫌だ」

ワインのせいか、子供のような口調でそう言った西荻が、首筋の痕を掌《てのひら》で擦《こす》る。

しかし鏡にまだ自分の痕が映っているのを見ると、俺の方に潤《うる》んだ目を向けた。

「とって」

まるで誘《さそ》うような言い方だった。

頼《たよ》りない表情と甘い声に引き寄せられて、西荻の首筋に顔を埋めてその皮膚《ひふ》を吸う。

「っん」

幼い声に釣《つ》られて顔を上げると、視線を合わせた西荻に「とれた？」と訊かれる。

とろりと溶《と》け出すような熱を孕んだ目で見つめられ、男達が主張した「誘った」というのはこの事かもしれないと思う。こんな顔を見せられたら、普段《ふだん》は男を相手にしない俺でもまずい気分になる。

「田辺さん」

不安げに呼ばれ、いつになく近い距離《きょり》にいる西荻に「まだ」と答える。

まだ触れていたい。まだその声が聞きたい。まだ可愛《かわい》い顔が見たい。

「まだ、とれない」

再びその首筋に吸い付く。軽く歯を立て嬲《なぶ》るように肌《はだ》を嘗めると、時折むずかるような声が上がる。聞いているだけで、胸の奥が熱くなった。声が媚薬《びやく》のように、神経に染《し》みこむ。

きつく吸うとびくりと震えて腕《うで》に縋《すが》り付いてくる。そんな態度に煽《あお》られた。脚を開かせて俺の体を挟《はさ》むように座らせたまま正面から抱《だ》き寄せると、ゆるく芯を持った物が腹に触れた。

「ん」

気持ちよかったのか、西荻は更《さら》にそれを押し付けて僅《わず》かに腰《こし》を動かす。ソファの骨組みが小さく鳴る音が聞こえた。

アルコールで理性が焼き切られたのか、目の前にいるのが同性だと認識できないのかは分からないが、西荻はそのあからさまでいやらしい動きをおずおずと繰《く》り返す。もしかしたら自分にやらしい事をしてくる相手は彼女だと、酔った頭が錯覚《さっかく》しているのかもしれない。

「西荻さん」

発情を促《うなが》すように腰を動かされて、俺の息も上がる。

「ん、ん」

西荻が正気じゃないのは分かっているが、気持ちよさそうに目をつぶっている姿に我慢《がまん》が利《き》かなくなって、背中に回していた指を西荻の唇《くちびる》に当てる。その隙間《すきま》に指を入れて、歯を開けるように指先で促す。西荻は不思議そうな顔をして、うっすらと唇を開く。俺はその舌の上で、円を描《えが》くように指を動かす。

「嘗めて」

「ふ……、ぁ」

思考は既に放棄《ほうき》しているらしく、命じたままにぎこちなく舌が絡《から》んでくる。名残惜しいが、濡れた指を引き抜《ぬ》いて、下着の中に滑《すべ》り込ませると張りのある尻《しり》が掌に触れた。

明日西荻に殺される事を覚悟《かくご》する。先程《さきほど》のサウナの連中と同じ欲望《よくぼう》を持っている事に罪悪感を覚えたが、原因の一端《いったん》は目の前の男にもある。

「なに」

その声を無視して唾液《だえき》で濡れた指を奥へと伸《の》ばす。西荻はどこに触れられるか分かった途端《とたん》に、戸惑《とまど》ったように腰を揺《ゆ》らした。指がそこに触れると先程まで動いていた腰が止まる。

内側に入りこむ前に、皺《しわ》の寄った穴の周りを指の腹で擦った。想像した以上に肉は固く、とてもじゃないが俺の物なんて飲み込めそうにない。無理をすれば、傷を付けるという事だけが分かった。それでも中を確かめるように、指を埋め込む。中は温かく湿《しめ》っていていやらしい。

「ぁ、う……う、あ…？」

西荻は状況《じょうきょう》を理解できず、目を白黒させた。

指を更に潜《もぐ》り込ませて、もうそれ以上届かないところまで入れる。軽く前後に動かすと、驚いた内壁《ないへき》がざわめく。うねる粘膜《ねんまく》の動きを楽しみながら、目の前にある乾《かわ》いた唇を嘗める。

「何？」

自分が何をされてるか分かっていない様子で、理由を問われた。答えないまま、ぐるりと指を回すと、他《ほか》と感触《かんしょく》の違《ちが》う部分に触《ふ》れた。以前、男を抱いた経験からそれが前立腺《ぜんりつせん》だとは知っている。指でずりずりと擦ってやると、西荻はびくっと足を震《ふる》わせたが、自分が感じているものが何なのか分からない様子で眉を寄せて、首をうち振《ふ》った。

「苦し、い」

掠《かす》れた声に謝る代わりにキスをする。おかしいぐらい興奮しながら、性器に見立てた指を動かすと、艶《なま》めいた息を西荻が吐き出す。

「ふ、ぁ」

指をピストンさせると、甘い声を上げる。

西荻は自分で腰を揺らす代わりに、戸惑いながらも俺の指を受け入れた。腕の中の体は確かに欲情《よくじょう》していて、わけも分からないまま、煽られている西荻の姿が堪《たま》らない。

視線を落とすと、ハーフパンツが張りつめているのが目に入った。ずらして下着の中から陰《いん》茎《けい》を取り出す。すでに濡れているそれを見て、興奮した。同じ男の物を見て欲情している自分に違和感《いわかん》を覚えながら、もう片方の手で陰茎を愛撫《あいぶ》すると、再び西荻の腰が揺らめく。

「はっ、ぁっ、あ」

男を抱《だ》いた事はあったが、ここまで興奮した記憶《きおく》はない。

「ん、出る、出る」

声の調子が先程と変わり、もどかしげに西荻の腰が揺れる。後ろに咥《くわ》えこんだ指の違和感よりも、陰茎を弄られる快感が勝ったようだ。

「自分で動くなよ」

自ら手に擦りつけてきた陰茎を摑《つか》んでやると、西荻は「あ」と声を上げた。張り出した亀頭を重点的に愛撫して、裏筋を弄ってやると俺のシャツをぎゅっと摑みながら掌の中で達した。

「きもち、いい」

うっとりとした声でそう言うと、俺の指を咥えこんだまますっと目を閉じて、くたりともたれてくる。

「西荻さん」

入れないまでももう少し付き合わせようと思っていたが、閉じたままの目はもう開かない。

煽られるだけ煽られて、ガチガチになった自分の欲望を見下ろして溜息《ためいき》を吐《つ》く。自業自得《じごうじとく》とはいえ、きつい。腕の中の男は俺の膨れあがった欲望なんて知らずに、安らかに眠《ねむ》っている。

その力の抜けた体を抱き留《と》めながら、西荻は酒を控《ひか》えるべきだと俺は痛烈《つうれつ》に思った。

「なんか首に痣が出来てる」

先程俺が新しく貸したTシャツとジーンズを着て、鏡を覗き込んでいる西荻に背を向け、俺は昨日のパスタにトマトソースとバジルを絡めて簡単な朝食を作った。タマネギとパセリを入れたコンソメのスープも付けて、それから珈琲《コーヒー》を淹《い》れる。

今まで友人に朝飯なんか用意した事はない。甲斐甲斐《かいがい》しく世話を焼くのは、相手が西荻だからというよりも、昨日してしまった事への罪悪感がなせる業《わざ》だ。

「俺がやりました」

「なんで?」

確かに当然の疑問だと思いながら、ソファの前に置かれた木製のテーブルに料理を運ぶ。

幸か不幸か、西荻はタクシーに乗った辺りから記憶が大分曖昧《あいまい》で、風呂《ふろ》に入った以降の事は一切《いっさい》覚えていないらしい。じゃなければ無防備に俺の前で着替《きが》えたりしないだろう。

「酔ってたみたいです」

「意味がわかんねぇ」

眉《まゆ》を寄せてパスタを口に運ぶ西荻に、心の中で謝罪する。

あの後眠ってしまった西荻をベッドに運んで煩悶《はんもん》とした。俺を理性と本能の争いの直中に放り込んだ直本人は朝まで一度も目を覚まさず、羨《うらや》ましいほどぐっすりと眠っていた。

安らかな顔を見て、「手を出してはいけない理由」を頭の中で羅列《られつ》した。最大の理由は、西荻の同意を得ていない事。見知らぬ男に触れられて怯《おび》えていた相手を、更に自分が襲《おそ》うような鬼畜《きちく》な真似《まね》はできなかった。もしかしたら指を入れた時点でアウトかもしれないが、そこはあんな風に誘《さそ》ってきた西荻も悪い。

明け方まで通販《つうはん》番組を見て、西荻から気を逸《そ》らす努力をした。お陰《かげ》で何でも吸い込むドイツ製のハンディクリーナーを一台買ってしまった。

わざと濃《こ》く淹れた珈琲を飲み、キッチンの横にあるスツールに腰掛《こしか》けて、窓から差し込んでくる朝日に乾いた目を焼かれる。緩慢《かんまん》な瞬《まばた》きを繰《く》り返してから、自分の節操のない性欲《せいよく》を反省する。

Tシャツの袖《そで》から見える腕《うで》や、少し細めの腰《こし》に視線が奪《うば》われてしまう。陽《ひ》の光の下で見れば、西荻が目覚めれば、酒が抜ければ俺の理性との闘《たたか》いは終わると思っていたが、一向に終わりが見えない。傷だらけの理性が頭の中で出口を求め彷徨《さまよ》っている。

「何？」

じっと見られている事に気付いた西荻が、俺に視線を向ける。

「西荻さん、とりあえず一人でサウナ行くの止《や》めた方がいいですよ」

西荻はトマトソースに噎《む》せ始めた。

酒も飲むなと言いたいが、それはどうせ聞き入れないだろう。よく今まで誰《だれ》にも犯《おか》されなかったな、と感心する。

「折角《せっかく》忘れてたんだから、思い出させんな」

「一応言っておいた方がいいと思って」

西荻は珈琲を飲みながら「向こうの部長が再打ち合わせなんか希望しなかったら、こんな事にならなかったんだよな」と不服そうに呟《つぶや》く。

確かに土日に仕事が入らなければ、今頃《いまごろ》は尾瀬《おぜ》のバンガローでぐっすり寝《ね》ていたはずだ。西荻がゲイに襲われる事も無かっただろうし、俺が性欲と理性の狭間《はざま》で疲弊《ひへい》する事もなかった。元々可愛《かわい》いとは思っていたが、弟に対する気持ちと同じで、こういう意味で可愛いと思っていたつもりはなかったはずなのに。

「もう二度とあそこには行かねぇよ。しばらくは温泉も一人で行くのは無理だな。でも、尾瀬は近いうちに行きたいけど」

西荻が俺の方を見たので「そうですね。九月とか十月なら西荻さんの仕事も落ち着くんじゃないですか？」と口にする。年末進行に掛《か》かる前に行った方がいいだろう。

「じゃあそれぐらいにまた予約して貰っていいか？」

西荻に頼《たの》まれて思わず黙《だま》り込む。

「秋は仕事が忙《いそが》しいのか？」

確かに忙しい事は忙しい。昼間は通常の仕事があるし、帰宅してからは別口で引き受けている仕事もある。けれど一泊二日《いっぱく》ぐらいなら、なんとかできない事もない。しかし二人きりで旅行に行くなんて、想像するだけで傷だらけの理性が最後の力を振り絞《しぼ》って白旗を振る。

「俺以外の人と行って貰って構わないですよ」

「じゃあ時期をずらすか。他《ほか》の温泉地なら変えてもいいし」

そう言えばニシノロボットに対する回答に神奈川や千葉の温泉地が並んでいた気がした。

「場所はまた俺が適当に調べておくから、スケジュールが見えたら教えて」

そう言って西荻は屈託《くつたく》無く笑って見せた。その笑顔《えがお》が邪《よこしま》な心に染《し》みる。

「分かりました」

頷《うなず》いてすぐに請《う》け合った事を後悔《こうかい》しながら、理性のシュプレヒコールを無視する。

「西荻さん」

声を掛けると「何」と首を傾げる。少し離《はな》れていても、首の痕はしっかりと目に入った。

「………元カノのファンデ貸しますよ。首の痕、結構あからさまだから」

俺の言葉に西荻は「お前がやったんだろ」と怒る。

そんな顔ですら可愛いと思ってしまう自分に項垂《うなだ》れながら、困ったなと頭を掻《か》く。

夜に見た時よりもずっと、西荻が可愛く見えるなんて相当やばい。

デザイン室で一人仕事をしていると、ふらりと西荻が缶珈琲を手にやってくる。仕事の用事かと思ったが、そうではなく息抜きに来たらしい。

振《ふ》られる話題に相槌《あいづち》を打ちながら、今日のスーツがストライプだと気付く。あの日以来、気にも留めなかった些細《ささい》な事に、意識を向けてしまう。

仕事の手を止めて貰った珈琲を飲みながら、と胸の裡《うち》で自嘲《じちょう》する。一体どうしてこれ程西荻の事が気になるのか考えたが、答えを知るのが怖い。

「おい、聞いてんのか？」

「聞いてます。バームクーヘンの話ですよね」

「全然違《ちげ》ぇ。なんで俺が、バームクーヘンについて語るんだよ」

呆《あき》れたように西荻が髪《かみ》を掻き上げる。途端《とたん》に秋の薄暗《うすぐら》い朝を連想させるような儚《はかな》く、それでいて爽《さわ》やかな香《かお》りが広がった。それもこの一週間で気付いた変化の一つだ。前はただ「いい匂《にお》い」としか認識《にんしき》していなかったそれが、自分の好みの匂いである事を知る。

以前、煙草を吸った後にアトマイザーを手にしていたから、恐《おそ》らく脂臭《やにくさ》いのを隠《かく》したいだけだろうが、鼻腔《びこう》を擽《くすぐ》る微《かす》かな薫《かお》りに引き込まれそうになる。

「煙草《たばこ》吸ってきたんですか？」

話題を変えるように訊くと「まだ匂うか？　最近煙草嫌《ぎら》いが多いから気遣《きづか》ってるつもりなんだけどな。これから会いに行く担当者も吸わない人だし」と西荻は自分の右手を鼻に近づける。

「香水の匂いがしたから。それ、煙草吸った後にいつも付けてますよね」

「香水《こうすい》じゃなくて安いルームフレグランスを詰《つ》め替《か》えただけ。人工の匂いって駄目《だめ》なんだけど、これだけはいけるんだよな」

馥郁《ふくいく》たる香《かおり》の正体が安物のルームフレグランスであった事が可笑《おか》しい。繊細《せんさい》そうに見えて所々大雑把《おおざっぱ》だな、と新たな発見をする。

「じゃ、頑張《がんば》って仕事取ってくるから」

「じゃあ、仕事が取りやすいように良い物作りますから」

そんな軽口を叩《たた》いて西荻は部屋を出ていく。

それから二、三時間残業をして帰宅する途中《とちゅう》の駅で電車が停《と》まった時に、ホームに立つ西荻が目に入った。恐らく今から会社に戻るのだろう。

寄りかかったドアの窓から外を眺《なが》めた瞬間《しゅんかん》に、人混《ひとご》みの中で真っ先にその姿を見つけた。どこにいてもすぐに見つけ出してしまう理由なんて、一つしかない。

サウナで男達に怒《いか》りを覚えたのも、首の鬱血《うっけつ》を酷《ひど》くしてしまったのも、あの日から西荻に感じている欲望《よくぼう》の理由も全《すべ》て、それで説明が付く。電車がやってくる方を見て自分の腕時計《うでどけい》に視線を落とす何気ない仕草すら、可愛いと思う自分に気付けば、その気持ちを否定しようもない。

不意に、以前旅先で出会った年上の女性に、乱れたシーツの上で言われた台詞が蘇る。

『その人に纏《まつ》わる些細な事や、交《か》わした会話が宝物のような思い出になって、忘れられなくなってしまったら、もうどうしようもないのよ。後は引力に引きずられるだけ。逆らう術《すべ》は誰にもないの。藻《も》掻《が》けば藻掻くほど、余計に深く落ちていくのが恋《こい》なんだから』

走り出した電車の中で俺は、確かにその引力を感じた。


金曜日の夜に実家のある長野から上京した弟の永海は、一年前よりも背が伸《の》びていた。女性的なまでに優しい顔は贔屓目《ひいきめ》なしに可愛い。こいつはこの愛くるしい顔を活《い》かして、幼稚園《ようちえん》時代から年上女性に甘え放題だった。親は永海が小学生の頃《ころ》から俺の悪影響《あくえいきょう》だと心配していたが、これは天性のものだ。少なくとも、俺には円満に複数の女と付き合う技術はない。

「夏休みお世話になります」

松本《まつもと》から五時間近く掛けて日暮里《にっぽり》までやってきた弟はそう言うと、紙袋《かみぶくろ》を俺に差し出す。

「それ母ちゃんからうちで食べきれない分持っていけって」

父親の職業柄《しょくぎょうがら》、お歳暮やお中元には昔から事欠かなかった。銘菓《めいか》や高級食材が山ほど届いたはずなのに何故《なぜ》乾麺《かんめん》なんだと、しばらく会っていない母親を恨《うら》む。高校卒業後に父親の仕事を継《つ》がないと告げた時から、扱いが年々粗雑になっている気がする。

「お前、これ半分持って帰れよ。確実に来年まで余るだろ」

「うん。実際それ去年の夏の残りだしね」

「去年のかよ」

どうせならチーズや肉の詰め合わせが良かったと嘆《なげ》きつつ、駅から家まで永海の荷物を一つ持って歩く。今までも何度か弟が遊びに来る事はあったが、長期滞在《たいざい》は初めてだ。一月以上俺の家に泊《と》まると言われて驚《おどろ》いたが、どうも短期バイトに申し込んだらしい。

勤務先は東京テレポートと聞いたが、詳《くわ》しい内容は知らない。尋《たず》ねようとした時に「ところで〝テレポート〟とか〝アイル〟って何？」と訊かれ、話題が移ってしまった。都民がスルーしている問題に鋭《するど》く切り込んでくる長野県民の知識欲《ちしきよく》を満たせる程《ほど》の知識は俺になかった。もしかしたら人はこういう時に、Q&Aサイトを利用しようと考えるのかもしれない。

「お前なんで東京でバイトする事にしたの？」

「地元より時給いいし」

確かに東京の方が時給は良い。青春十八切符《きっぷ》で来たのなら、長野からの移動費も大してかからないだろう。しかし両親はその理由で説得できたかもしれないが、俺は騙《だま》されない。

「女漁《あさ》りに来ただろ？」

「にいちゃんじゃあるまいし」

あはは、と笑う可愛《かわい》らしい顔を見て「俺の家に連れ込むなよ」と釘《くぎ》を刺《さ》す。

「分かってるよー。でも、にいちゃん昼間いないんだよね？」

「……合鍵《あいかぎ》返せ」

「あはは、冗談《じょうだん》だよ」

高校生にして既《すで》に女性慣れしすぎている弟に不安を感じながら、家に向かう。

「相変わらず異国情緒《じょうちょ》溢《あふ》れる部屋だよね」

家に入ると、永海は部屋をぐるりと見回した。

「お前のベッドはそれな」

永海は俺が指で示したリクライニング式のソファベッドの上に座ると、「ビールが飲みたい」と可愛らしく強請《ねだ》ってくる。

「カクテルで我慢《がまん》しろ」

そう言って、普段《ふだん》はあまり使わないシェイカーにジュースと氷を入れて振る。グラスに入れて出すと、永海は一口飲んで詰まらなさそうな顔をした。

「にいちゃん、これソフトドリンクじゃん」

西荻は騙されてくれたが、弟はそうはいかないようだ。

「酒と女と煙草と、暴力から弟を守れって言われてるんだよ」

母親からの電話を思い出してそう言うと、永海は「にいちゃんらしくない」と膨《ふく》れながらも、ウォッカとブランデー抜《ぬ》きのニノスペシャルをちびちび飲んでいたが、急にその目が輝《かがや》いた。

「にいちゃんあのパイプ何？　マリファナ用？」

永海の視線の先を見ると、切り子細工のシーシャがある。

「エジプト土産《みやげ》の水煙草だよ。クサ入れる奴《やつ》もいるけど、俺は健全に吸ってるよ」

「水煙草ってぶくぶくするやつでしょ？　俺やってみたい」

「この熱いのに炭焚《た》くのかよ。フレーバーもないから、普通《ふつう》に店で吸って来い」

そのままうっかりシーシャを扱ってる近くの料理店を教えかけて、母親からの「酒、煙草、女」禁止令を思い出す。彼女の口癖《くちぐせ》は『うちの跡取《あとと》りに変な事を教えないように』だった。跡《あと》を継《つ》ぐつもりはないが、弟に重責を押し付けるのも気が引ける。しかしだからといって、あの家で暮らしていく自分の未来図は、想像できない。

「お前さ、もしにいちゃんが好きな男がいるから女と結婚《けっこん》できないって言ったらどうする？」

西荻の事を思い出しながら尋ねる。

水を入れるガラスの部分を未練がましく指で辿《たど》る永海は、俺の疑問に淡々《たんたん》と「にいちゃんが里帰りした時に〝洗濯物《せんたくもの》別々にして〟って母ちゃんに頼《たの》む」と口にした。

「お前、結構ひどいよな。知ってたけど」

「でも父ちゃんたちは別に驚かないと思うけど？　俺達が一番驚いたのはニュースで紛争《ふんそう》地域にいるにいちゃんを見た時だから。あの時に比べたらなんでも平気だと思う」

「ああ、あれな。いきなりみんなから携帯《けいたい》にメールが来たからなにかと思ったよ」

専門時代のことを懐《なつ》かしく思い出していると、永海は呆《あき》れた目で俺を見る。

しかし現地の人間はあまり危機感を感じていなかったし、俺も危ない目にはあわなかった。実際は東南アジアで魚に中《あた》った時の方が、死を覚悟した。

「にいちゃんが男もいけるのは知ってたけど、本気なの？　できれば俺、綺麗《きれい》な義兄《にい》さんより綺麗な義姉《ねえ》さんが欲しいな」

「お前、兄貴の嫁《よめ》に手を出すつもりなのかよ」

「滾《たぎ》るシチュエーションだよね」

うっとりと笑顔《えがお》を浮《う》かべる弟を見て、その将来に一抹《いちまつ》の不安を覚える。

「でも、にいちゃんが本気ならいいんじゃない？　俺は応援《おうえん》するよ。洗濯物は別にするけど」

「応援されても困るんだよな。今、自制心でできる限り手出さないようにしてるから」

西荻は同性愛者じゃないから、手を出した途端《とたん》に拒絶《きょぜつ》されるのは目に見えている。分かっていても、ふとした仕草やあの日の事を思い出す度に触れたいと思ってしまう。一緒《いっしょ》にいる時は意識をしないようにしすぎて、生返事が多くなるので最近は不審《ふしん》がられている。

「にいちゃんの自制心とかけて、古い輪ゴムと解く。その心は、どちらも簡単に千切れます」

「お前……、ほんっとに可愛い弟だよな」

あはは、と笑う永海を見ながらも否定できない自分の素行を密《ひそ》かに反省した。

一度目は中学生の頃だった。二度目はその数日後に、その相手も旅先の年上の女性だった。三度目以降はもうよく覚えていない。初めて恋人《こいびと》ができたのは高校の頃だったが、その時は既にセックスは特別なものではなくなっていた。専門を卒業する頃には同世代の奴等《やつら》よりも冷めていた。それでも美女に会えば食指は動いたが、大抵《たいてい》は一夜限りの付き合いだった。日本に帰国してから、何人かの女と付き合ったが中学時代のような強い衝動《しょうどう》はなかった。

「溜息《ためいき》ばっかりで鬱陶《うっとう》しいんだけど、なんなの？　どうしたのって訊いて欲しいの？」

残業中でカリカリしている末松の容赦《ようしゃ》ない一言に「純粋《じゅんすい》に悩《なや》んでんの」と返す。

「何に？」

「もてあます性衝動《せいしょうどう》」

「チコちゃん、ちょっとハサミ持ってきて」

「分かりました。一番大きなやつ借りてきますね」

「すみませんでした。黙《だま》ります」

欲望《よくぼう》の根元を文字通り断ち切ろうとする同僚《どうりょう》の思考回路が恐《おそ》ろしい。

「まぁ冗談はいいとして、実際なんなの？　仕事なら相談に乗るけど」

冗談じゃないとは言えずに「いや、契約《けいやく》社員ってどうなのかなって」と世の中に溢れる月並みな悩みで誤魔化《ごまか》す。

「売れてるんだからいいでしょ。私の倍以上の年収がある癖《くせ》に悩んでんじゃないわよ」

「……何で俺の年収知ってんの？」

驚いて問いかけると「この間住民税が高いって嘆いてたじゃない。住民税が分かれば年収なんて簡単に計算できるわよ」と言った。

「だから田辺さん、領収書ろくに貰《もら》ってこないんですね」

「そうよ。それに普段着《ふだんぎ》は安物だけど、小物はみんな桁違《けたちが》いの高級品ばかり使ってるのよね」

どこまで詳しく見てるんだ、と若干《じゃっかん》恐ろしくなる。

恐らく時計や靴《くつ》の事だろう。長く使う物は一年や二年で壊《こわ》れる安物よりも、多少高い方が得だと思っているので、それなりに値の張る物を使っているが、末松が言うほど高級品じゃない。

「じゃあ今度奢《おご》ってくださいよ。一度寿司《すし》屋《や》のカウンターに座って、時価って書いてあるマグロを、お金を気にせず食べてみたいです」

力説するチコちゃんに「これ温めてきてくれるなら」と言って、レトルト食品を取り出す。

「なんですか、これ。レンジでパエリヤ？」

「夜食」

「珍《めずら》しいですね。田辺さんいつも外で食べるのに」

今日は西荻がオフィスにいる。外に食べに行くと知れば、声を掛けられるだろう。向こうは友人として声を掛けるのだから、断るのは不自然だ。しかし一緒に食事に行くのは厳しい。オフィスで目にする後ろ姿さえおかしな目で見てしまうのに、自分に向けられる笑顔に対して冷静でいる自信がない。西荻は俺の気持ちを知れば、恐らくサウナで出会った男達に向けたような、嫌悪《けんお》の感情を見せるだろう。来年の契約《けいやく》終了《しゅうりょう》まで、そんな目を向けられるのはきつい。

男と寝《ね》ても好きになった事は無かった。それにこんな風に我慢が必要な恋愛《れんあい》をした事もない。冷静になるまでは、不用意に二人きりにならない方が良いだろう。

不甲斐ない理性に呆れていると、電子レンジがある給湯室から、チコちゃんが戻《もど》ってくる。

「はい。そういえば西荻さんが、次の企画《きかく》の事前打ち合わせに末松さんか田辺さんに参加して貰いたいって言ってましたよ」

礼を言ってチコちゃんからパエリヤを受け取り、俺は末松に視線を向ける。

「末松でよろしく」

「いいよ。田辺仕事抱《かか》えすぎだもんね」

「いや……、仕事自体は俺に振《ふ》って貰ってもいいけど、西荻さんに頼まれた仕事が終わってないから、顔を合わせたくない」

事前打ち合わせは営業からの要望を聞くだけなので、誰《だれ》が出ても同じだ。

悪いがここは末松に頼んで、パエリヤに付いているプラスチック製のスプーンを手にすると、背後から不機嫌《ふきげん》な声が聞こえた。

「仕事なんて頼んでねぇけど」

振り向くと、西荻がドアの辺りに立っていた。

珍しく会社で感情を顕《あら》わにした西荻に、チコちゃんと末松が固まる。

西荻は無表情のままで俺宛《あて》の封筒《ふうとう》をキャビネットの上に無造作に置き、「俺これから出ますけど、事前打ち合わせはうちの部長を交えて午後八時にミーティングルームでやるので、お願いします」と冷めた声で言うと、俺の方は見ずにデザイン室を出ていく。

西荻さんがいなくなってから、チコちゃんが「西荻さんの怒《おこ》った声、初めて聞いたけど怖《こわ》い」と硬《かた》い表情のまま口にする。

「田辺と西荻さんってこのところ仲良さそうだったのに、何かあったの？」

まさか〝俺が性欲《せいよく》をもてあましている相手が西荻で、それを悟《さと》られない為《ため》の行動が災いして、誤解を生みました〟とは言えずに「仕事の方向性でちょっとな」と言葉を濁《にご》して立ち上がる。

西荻は思った通り、喫煙《きつえん》スペースにいた。先方に向かう前や帰社した時にそこで一服する事が多い事は、俺が最近気付いた西荻に纏《まつ》わる些細《ささい》な事の一つだった。

最近は省エネのために、来客の予定がなければ廊下《ろうか》の電気は消してしまう。そのせいで、非常灯の薄暗《うすぐら》い明かりと煙草《たばこ》の光ぐらいしか光源はない。

「西荻さん」

俺が声を掛《か》けると、あからさまに西荻は警戒《けいかい》するような顔で「何」と口にする。

ここ二ヶ月向けられなかった、不機嫌な態度に苦笑《くしょう》する。

「さっきの話ですけど……」

「あんな事があったから、俺の事そういう風に思ってるんだろ」

西荻が先手を打つように言ったが、意味が飲み込めずに戸惑う。

「あの日から態度おかしいもんな。気持ち悪い思いさせて悪かったな。でも、絶対に俺からは誘《さそ》ってねぇから」

自分の気持ちがばれているのかと思ったが、そっちの意味かと納得《なっとく》すると同時に、やはりあの日から俺の様子がおかしいのは西荻にも伝わっていたのだと自嘲《じちょう》する。

「そういうんじゃないんですよ」

俺の言葉に西荻が「じゃあ何だよ」と冷たい顔をみせる。そんな表情もするのかと意外だった。だけどどんな顔をされてもそれを可愛《かわい》いと思ってしまう事に、違《ちが》いはないけれど。

俺に拒絶されたと思い込んで、傷ついた事を隠《かく》そうとしている西荻が可愛い。

「態度がおかしかったのは事実ですけど、それは気持ち悪いとかじゃないです。むしろ西荻さんの方が、そう思うと思いますけど」

「何それ。意味わかんねぇ」

じりじりと煙草を焦《こ》がす炎《ほのお》を見つめながら、隠す事を諦《あきら》める。自分の脆《もろ》い自制心に期待するより、西荻に警戒して貰った方がいいだろう。そうと決めたら気持ちが楽になった。

じっときつい目で俺を見上げている西荻の唇《くちびる》から、煙草を奪《うば》い取る。

「なに……」

屈《かが》み込んで、文句を言うために開いた唇に、自分のそれを押し付けた。小さく音を立ててからその唇を離《はな》すと、西荻は眇《すが》めていた目を大きく開いて俺を見つめる。

子供のようなキスだ。短く一度触《ふ》れるだけのそれに、僅《わず》かに緊張《きんちょう》した自分がおかしい。まるでこれじゃ思春期だ。いや、あの頃《ころ》だって今より余裕《よゆう》があった。

「俺、西荻さんが可愛く見えてしょうがないんですよね。近づくと、こんな風に触れたくなる。あいつらみたいな事をしたくなるから、だからあんまり近づきたくない」

固まったままの西荻がおかしくて、薄《うす》く開いたままの唇を指でなぞると、びくりと震《ふる》える。

俺の言葉が信じられないのか、瞬《まばた》きをする西荻を見ていたら、またキスがしたくなった。

「その驚《おどろ》いてる顔も可愛い」

俺の言葉に西荻は弾《はじ》かれたように顔を赤くすると、俺を突《つ》き飛ばしてオフィスに戻っていく。

拒絶《きょぜつ》の現れた後ろ姿を見て、やりすぎたかと自嘲しながら、煙草を口にして長くなった灰を落とす。久し振《ぶ》りに紙巻き煙草を吸ったせいで、味に違和感《いわかん》を覚えた。

想定内の結果なのに、僅かに胸が痛む。溜息《ためいき》を誤魔化すために吐《は》き出した紫煙《しえん》は、逃《に》げ場もなくゆらゆら目の前を漂《ただよ》って、匂いだけが鮮《あざ》やかに残った。

「確認事項《かくにんじこう》など、契約の前にご案内させて頂きたいと考えておりまして、つきましてはご担当者様のご都合の宜《よろ》しい時間帯にこちらから伺《うかが》わせて頂きたいと存じます」

爽《さわ》やかな笑顔《えがお》で受話器を握《にぎ》る西荻の横で、俺は工藤さんと顔をつきあわせて打ち合わせ中だ。

ホワイトボードの前で、電話相手に丁寧《ていねい》に対応している西荻の声を聞きながら、仕事の資料を捲《めく》る。あれから数日経《た》つが、西荻とは話していない。業務連絡《れんらく》は基本的にメールで回ってくるか誰かに伝言で託《たく》されるので、関係は三月の頃よりも悪化していた。

少し寂《さび》しいが、同時に安堵《あんど》もしていた。西荻は顔を合わせるたびに俺を警戒して硬くなる。そうやって向こうがちゃんと俺を警戒していてくれれば、俺が西荻を傷つけずに済む。

工藤さんとレイアウトに関しての相談をして、イラストレーターから上がってきた新しいマスコットキャラクターについて話をしていると、不意に外線電話が鳴る。

その機械音を止めた営業部の社員は受話器を片手に「西荻～」と声を掛ける。しかし西荻が通話中だと知ると、「じゃあ、工藤さん。ＪＭクレジットから、機関誌の件で急ぎらしいです。一番です」と口にする。

工藤さんは「ちょっとごめんね」と言って、側にあるデスクの上から受話器を持ち上げた。

「お電話代わりました。工藤です。西荻は現在他の電話に出ておりますので、私がご用件を伺わせて頂きます」

最初はきはき答えていた工藤さんの声が段々と微妙《びみょう》な方向へ変化していく。

「そうですね、ただ入稿《にゅうこう》の方が既《すで》に完了《かんりょう》しておりまして……。ええ、すぐに印刷所の方に確認はさせて頂きますが、はい、ただご存じの通り発行日の二週間前には納品している状態なので、今から修正というのは、ええ、勿論《もちろん》西荻の方から改めて返答させて頂きますが、ええ……はい」

しばらくして電話を切った工藤さんは瞼《まぶた》をぎゅっと瞑《つぶ》って「うーん」と唸《うな》る。どうやら何か問題が起きたらしく、電話を終えた西荻を近くに呼び寄せた。西荻は一瞬《いっしゅん》俺を見てびくりと足を止めたが、すぐに気を取り直すように近づいてくる。

「どうかしましたか？」

「親会社のＣＥＯが声明を出したので、それを訳して次号の巻頭に載《の》せて欲しいそうです」

その要求に西荻は眉《まゆ》を顰《ひそ》めて、近くの壁《かべ》に掛かっているホワイトボードのスケジュール表を確認する。入稿したのは一週間前だ。一般《いっぱん》流通に乗るものではないから、納品から発行まで多少は間があるので、ぎりぎり変更《へんこう》は可能だろうが、印刷所との交渉《こうしょう》次第《しだい》だろう。

「印刷所に待って貰《もら》えるのは、せいぜい明日の朝まででしょうね」

それまでに声明を翻訳《ほんやく》して、先方にＯＫを貰って校正して入稿。かなりめちゃくちゃなスケジュールだなと、午後を回った時計を見る。

「すぐに動ける翻訳者を誰《だれ》か当たってください」

「引き受けるんですか？　次に回して貰った方がいいと思いますが」

驚いたように工藤さんが口にする。

「とりあえず、何とかしようとしたという誠意は見せましょう」

西荻は早速《さっそく》印刷所に話を付けて、それからJMに今日中に確認が可能であれば、と申し出る。それから今回の対応が特例措置《そち》であるという事をさりげなく相手に伝えて、恩を売る。

工藤さんは俺の前にどさりと座ると、俺の横にも一つ会社支給の携帯電話を置く。

「田辺くんも探すの協力してよ。ライターじゃなくても、正確な訳ができる子がいれば俺が文章を書き直せばいいからさ」

「俺にやれって言わないんですか？」

焦《あせ》ったように名刺の入ったカードを捲《めく》る工藤さんにそう問いかける。下訳も清書も一人でやれば大分時間は節約できる筈《はず》だ。そんな俺の疑問に工藤さんは一瞬小さく笑うと「俺が召還《しょうかん》できるのはデザイナーとしての田辺くんだけだよ」と口にした。

そんな風に言われたら、意地を張って断る事なんてできない。

「俺がやりますよ。データ貰えれば、一ワード一円で」

「随分《ずいぶん》、リーズナブルだね」

「翻訳者としては新米ですから」

工藤さんはほっとした顔で電話中の西荻に、メモでそれを伝える。

俺は西荻の返答を待たずにデザイン室に戻《もど》り、偉《えら》い人間が出した声明を差し込むために、他《ほか》のページを削《けず》る作業を行った。

しばらくして先方からFAXで声明が送られて来たが、A4で三枚に亘《わた》るそれを見て喋《しゃべ》りすぎだろと頭を掻《か》く。ただ訳すだけで骨が折れそうだ。

俺が英文に視線を走らせていると、末松が「何その英文」と覗《のぞ》き込んでくる。

「翻訳者としてのキャリアをスタートさせたんだよ」

「田辺って、意外にマルチプレーヤーだよね。どこでも生きて行けそう」

「さすがにアマゾン流域はきつかったけどな」

末松と軽口を叩《たた》いて、エディタを開いて訳文を打ち込む。内容を二度、三度と確認して、間違いがない事を確かめて、今度は文章を精査していく。

二時間程度で出来上がったそれを手にデザイン部を出て、西荻と工藤さんに渡した。

二人から指摘《してき》された部分をすぐに直して、JM側に送る。承認を得るまで時間が掛かったが、なんとか終業前にOKが貰えた。今度は入稿データ用に落とし込んでレイアウトを確認して貰うために、再度JMに送る。承認は先程《さきほど》よりも時間が掛からずに出たので、データをすぐに印刷所に送った。日を跨《また》ぐ前に仕事が終わった事にほっとして、伸《の》びをする。

僅かに達成感を感じた後で、今日の午後に本来やるべきだった仕事がまるまる残っている事を思い出す。欠伸《あくび》を噛《か》み殺しながら記憶媒体にデータを書き込んでいると、一人きりのデザイン室に工藤さんが入ってくる。

「いや、お疲《つか》れ田辺くん。大変だったね」

書き込み作業が終わるのを待つ俺の肩《かた》を、工藤さんが労《いたわ》るようににぎにぎと揉《も》む。

「お疲れさまです」

「でもまさか西荻さんが引き受けると思わなかったよ。こういう前例はあんまり作って欲しく無いなぁ。結局、苦労するのって制作部とデザイン部だろ？」

不満げに呟《つぶや》いた工藤さんに「そうですね」と正直に頷《うなず》く。しかしＪＭは大きな取引先だ。現在の担当は西荻だが、元々は部長が取ってきた仕事で、今後も関係は良好に保つ必要がある。

「でも、今日の誠意が先方に伝わるなら俺はそれで満足ですよ」

こんな事が何度もあると困るが、一度や二度なら構わない。

書き込みが終了《しゅうりょう》した記憶媒体を取り出すと、工藤さんは俺の肩から手をどけた。

「田辺くんが西荻さんと上手《うま》くいってるみたいで良かったよ」

感慨《かんがい》深げに口にした工藤さんに、実際はその逆だと言う事もできずに笑って誤魔化《ごまか》す。

「じゃ、そろそろ帰ります」

「お疲れ。明日も宜しくね」

まだ残るという工藤さんと別れてオフィスを抜《ぬ》ける。普段《ふだん》とは違《ちが》うスキルを使ったせいか、いつもより疲れていた。フロアの角にあるエレベーターのボタンを押して、上がってくるのを待っていると、オフィスから西荻が近づいてくる。

「今日は、助かった」

あの日以来、絶対に俺に近づかなかった西荻が、わざわざ自分から礼を言いに来るとは思わなかった。

だけどその顔は赤くなり、肩には力が入っている。

がちがちに緊張《きんちょう》している姿を見ながら、「大した事ないですよ」と欠伸を嚙み殺す。

「でも、本当に助かったから」

西荻はまだ何か言いたそうにしていたが、遮《さえぎ》るように聞き慣れた西荻の携帯《けいたい》が音を立てる。

「じゃあ、お疲れさまでした」

俺が傍《そば》にいるせいで携帯に出ない西荻を解放するようにそう言って、エレベーターに乗り込む。ゆっくりと下に向かって落ちていくカゴの扉《とびら》が、真っ暗な三階で開く。

誰《だれ》もいない寂しいフロアを見ながら、西荻が怖《こわ》がっていた幽霊《ゆうれい》話を思い出す。

幽霊の正体なんて教えなければ良かったと、意地悪な気分で後悔《こうかい》する。工藤さんが言った通り、知らなくて良い事のほうが、世の中には多い。西荻に対する俺の気持ちも、恐《おそ》らくそのたくさんある中の一つだったんだろう。

会社のミーティングルームにタツミが来ていると聞き、一応挨拶《あいさつ》のために半透明《はんとうめい》のガラス戸をノックしたのは七月の暑い夜の、十時を過ぎた頃《ころ》だった。

真面目《まじめ》な顔で向かいに座る部長や西荻を目に、タツミは俺の顔を見ると「お疲れー」と、まるでプライベートの時と同じような調子で言う。

「すみません、ちょっと休憩《きゅうけい》入れませんか」

俺の姿を目にした途端《とたん》そう口にしたタツミに、部長は戸惑《とまど》う事なく「では十五分ほど休憩を入れましょうか」と提案した。

奔放《ほんぽう》な態度に呆れていると、いきなり腕《うで》を取られてミーティングルームから連れ出された。

「どうしたんだよ、お前」

ぐいぐい俺の腕を引いて、エレベーターに乗り込むとタツミは一階のロビーにあるソファスペースにどさりと座り、「酒奢《おご》れよ」と口にした。

「納期が厳しいのにラフがリテイクばっかで、キレそう」

「……大きなキャンペーンだから仕方ないだろ」

仕事なんだから大人げない事を言うな、と諭《さと》そうとするとギッと睨《にら》まれた。

「限度があるだろ。とりあえず今後も笑顔《えがお》で仕事するために、責任持って智空が俺に酒を奢れ」

「貸しがいくつかあっただろ？」

「あれより今回の方がでかいから、差額分徴《ちょう》収《しゅう》しないと」

じゃないと上に戻らない、と完全に子供染《じ》みた事を言い出すタツミの要求を仕方なく飲み込む。納期が厳しい状態でいくつも仕事を抱《かか》えているタツミに引き受けて貰《もら》えただけでも、感謝すべきだろう。

「あんまり高い酒飲むなよ」

がしがしと頭を掻いていると西荻がロビーに降りてくる。飲み物を買いに来たのか、そのまま入り口から死角になっている自動販売機《じどうはんばいき》に向かう。

「とりあえず、これ以上リテイク出るなら直接先方と一回話させて欲しいんだけど」

タツミはそう言うと苛立《いらだ》ったように足を揺《ゆ》する。学生時代から変わらない癖《くせ》を見て、揺れている足を軽く蹴《け》ると、無言で強く蹴り返された。

「俺そんなに強くやってないだろ」

「俺は痛かったの」

幼い言い訳をしたタツミの目が、僅《わず》かに俺からずれる。その視線の先が気になって振《ふ》り返ると、缶珈琲《かんコーヒー》を二つ手にした西荻がエレベーターの前に立ち、俺達を見ていた。

視線がかち合うと途端に表情を強張《こわば》らせ、顔を背《そむ》けるようにして開いた扉の向こうに消える。

「何だ、あの感じ悪いの」

西荻の挙動不審《ふしん》は俺が告白した日から続いているが、ここ最近はいつにもまして態度がおかしい。避《さ》けられているのに、よく目が合う。その視線にどんな意味が宿っているのかは、よく分からない。希望的観測を抱《いだ》いてしまいそうになるが、恐らくそれはないだろう。

「今のは、俺のせいだ。俺が、この間告白したから」

不満を漏《も》らしたタツミに事情を説明すると、不機嫌《ふきげん》だった顔が急に輝《かがや》く。

「……マジで？　確かに見た目良いけど、お前女の方が好きだっただろ」

「手を出すとまずいから、向こうに警戒《けいかい》して貰おうと思ったら、予想以上に怯《おび》えられてる」

俺の言葉にタツミが声を出して笑った。俺達しかいないロビーに笑い声が響《ひび》く。

「へぇ、お前がそんな風になるところ見るの、初めてだな」

機嫌《きげん》を取り戻《もど》したタツミを見て、俺は壁掛《かべか》けの時計を確認《かくにん》する。

「そろそろ時間だろ」

タツミはじっと下から俺の顔を覗《のぞ》き込むと「こっちの世界にようこそ」と笑う。至極《しごく》楽しそうなタツミをミーティングルームまで送ってから、デザイン室に戻る途中で西荻とすれ違う。

「おい」

粗野な呼びかけに足を止めると、西荻は呼び止めた事に対して自分で驚いていた。

「なんですか？」

黙ったままの西荻を促すが、何も言わない。

不自然な沈黙《ちんもく》を居心地《いごこち》悪く感じていると、ミーティングルームから顔を出したタツミに「智空、コレ終わったら〝飲み〟な。逃《に》げるなよ」と声を掛《か》けられる。

その瞬間《しゅんかん》まるで呪縛《じゅばく》が解けたように西荻は俺に背を向けて、何も言わないまま先程の部屋に戻ってしまう。

結局西荻とはそれ以上話す事は無く、仕事が終わると同時にタツミに飲みに連れて行かれ、解放されたのは夜明けが近づいてからだった。日中は主に寝《ね》ている奴《やつ》に何時までも付き合っていられるわけもなく五時には切り上げて、タクシーで家に帰りシャワーを浴びた。

半裸《はんら》で風呂場《ふろば》を出ると、ちょうど目覚めた弟に「夜遊びご苦労さまです」と敬礼される。

一眠《ひとねむ》りしたかったが、一度寝てしまえば目覚められない気がして、いつもより早い時間帯に家を出た。寝不足《ねぶそく》と飲み過ぎたアルコールのせいで朝日が眩《まぶ》しい。ビルの外壁《がいへき》に反射する光に目を細めながら会社のあるビルに入ると、エレベーターホールには西荻が立っていた。

「おはようございます」

声を掛けると、西荻はびくりとしながらも「ああ」とぎこちなく頷く。

俺がやってきたエレベーターに乗り込んでも、西荻はその場に立ったままだ。

「乗りますか？」

そう声を掛けると、ようやく足を動かしてカゴの中に入ってくる。

階数を押すと、再びドアが開くまでの小さくて手軽な密室が完成する。俺から離《はな》れるように扉の近くに立つ強張った背中を見て、思わず「何もしませんよ」と口にした。

「別に、そういうんじゃねぇよ」

振り向かないまま否定される。再び落ちた沈黙はフロアに着くまで続くと思っていたが、西荻は躊躇《ためら》うような素振《そぶ》りを見せてから口を開いた。

「田辺さんて、辰巳達也と、何かあるだろ？」

昨日、しつこく俺の恋愛事情を訊いてきた男の事を苦々しく思い出す。弟と似ている悪友は、人をからかう事を生き甲斐《がい》にしている。

「あいつ、何か言いましたか？」

「……」

黙《だま》られると、怖い。タツミが西荻と部長に変な事を言ったんじゃないかと不安になる。

「あいつが何言っても、気にしないでください。基本的に、いい加減な奴ですから」

後で問いつめようと思ってそう口にしたが、西荻からの返答はない。

視線を向けると肩《かた》にはまだ力が入ったままだった。抱き締《だ》めたい後ろ姿から、視線を逸《そ》らす。

エレベーターの空気は息苦しいが、扉《とびら》が早く開けばいいとは思わない。偶然《ぐうぜん》じゃなければ、西荻が俺と二人きりになる事はないからだ。

「田辺さん、本当に俺が好きなわけ？」

その質問の意図が分からなかった。一体何の為《ため》の確認なのか。俺の気持ちに応《こた》えるつもりはない癖に、どうして知りたいんだと、振り返らない背中を見つめる。

「……それ、訊いてどうするんですか？」

西荻は答えない。からかわれているようで、苛立ちを覚える。

エレベーターのドアが開き、答えを聞かないまま出ていこうとする西荻の腕を摑《つか》んで引き寄せた。驚いた顔を見つめながら「好きですよ」と口にした。

触《ふ》れるつもりはなかった。それなのに腕を摑む手の力を上手《うま》く抜《ぬ》けない。余裕《よゆう》のない俺を余《よ》所《そ》に、西荻は冷静に戻る。揺れていた瞳《ひとみ》が冷えていく。

「そういうの、すぐ誰《だれ》にでも言うんだろ」

再びドアが閉じた。硬い表情を見下ろしながら「西荻さんは、酷《ひど》いな」と呟く。

信用されていない事に傷つき、酷い台詞《せりふ》を吐く唇《くちびる》を自分のそれで塞《ふさ》ぐ。

約束を破っている事に気付いたが、どうでも良い。歯列の間に舌を入れると、途端《とたん》に嚙《か》みつかれた。だけど、舌に走った痛みに安堵《あんど》を覚える。そうやって俺の理性が緩《ゆる》むたびに、ちゃんと拒絶《きょぜつ》していてくれ。

再び開いたドアから先に降りる西荻を見て、嚙まれた場所に指を当てる。口の中はわずかに血の味がした。

家に帰った途端、視界に飛び込んできた光景に思わず「おい」と突《つ》っ込む。

部屋の中には弟と、見知らぬ二人の女がいた。一瞬《いっしゅん》、以前目にしたサウナの光景がフラッシュバックするが、今回は双方《そうほう》合意の上らしい。全員裸《はだか》ってどういう事だ。

「あ、おかえり、にいちゃん、彼女達は俺のバイト先の先輩《せんぱい》。二人とも、あそこに立ってるスラム街にも溶《と》け込んじゃいそうな雰囲気《ふんいき》なのが、さっき話してた俺のにいちゃん」

「おじゃましてまーす」

「おにいさんも一緒《いっしょ》にどうですかぁ？」

バイトを始めてまだ十日足らずの癖《くせ》にこれかよとか、二人同時にかよとか、俺のベッドじゃなくてソファを使えよとか、言いたい事はたくさんあるが、急にどっと襲《おそ》ってきた疲労感《ひろうかん》に
「明日の朝までには帰らせろ」と永海に言って、がしがしと頭を掻《か》きながらドアを閉めた。

一瞬三人を裸のまま外に放り出す事も考えたが、面倒《めんどう》が先立つ。

弟は後で説教する事に決めて、疲《つか》れた体でホテルを探す。むしろ永海達がそっちに行けばいいんじゃないのかと考えながら交差点を渡《わた》ろうとして、駅の方から来る西荻を見つけた。

何故《なぜ》ここにいるのか分からずに驚くと、向こうも俺に気付いて足を止める。微妙《びみょう》な距離《きょり》を空けて見つめ合った。

黙ったまま目を離せないでいると、急に横のパチンコ店の自動ドアが開き、その途端うるさい電子音が耳に飛び込んでくる。その音に我に返り、止まっていた足を動かして西荻に近づく。

「どうしたんですか？」

整った顔は今まで目にしたどんな表情とも違《ちが》って見える。何を考えているのか読みとれないのは、西荻自身がどんな顔をすればいいのか分からないせいかもしれない。

背後から来た通行人が西荻にぶつかりそうになったので、つい腕《うで》を取って引き寄せる。

「話、しようと思って」

西荻が何を話したいのかは分からなかったが、俯《うつむ》く顔を見て「分かりました」と口にした。

「じゃあ、どこか近くに入りますか？」

「人前でするような話じゃねぇから」

視線の先にはマンションのような素《そ》っ気ない外観のビジネスホテルがある。今夜はそこに泊《と》まるつもりだった。

「ホテルまで来て貰《もら》っていいですか？」

駄目《だめ》なら帰って貰おうと、まだ僅《わず》かに痛む舌でそう言うと、西荻は眉《まゆ》を寄せる。

「弟が騒《さわ》いでるんで、今日はホテルに泊《と》まるつもりなんです」

触れていた手を離す。来るなら来ればいいし、来ないなら来なければいいと試すように言って返答を待たずに交差点を渡る。西荻は少し離れてついて来た。軽快な足取りではなく、どちらかというと重い足取りだ。他《ほか》の歩行者からはきっと、俺達は何の繋《つな》がりもない人間に見えるだろう。

西荻がしたいという話の内容に、少しも想像が付かないうちにホテルに着いてしまう。フロントで部屋を取る間、西荻は帰ってしまうだろうと思っていただけに、意外だった。エレベーターに乗り込む時も何も言わずについてくる。

ホテルの部屋は高い階にあった。鍵《かぎ》を開けて入ると、部屋にあるのはベッドだけだった。一つぐらい椅子《いす》があると思っていたから、拍子抜《ひょうしぬ》けする。けれど宿泊《しゅくはく》代がかなり安かったので、文句を言う気にはならなかった。会社であんな事をしたばかりだ。どうせ、西荻もすぐに帰るだろう。

そんな風に考えながらベッドに座り、入り口に立ってる西荻に視線を向けた。

西荻は部屋には入ったものの、近づいて来ようともしない。自分に欲情《よくじょう》している相手には、そうそう近づきたいとは思えないだろうが、だったら何故ついて来たのか。

「話ってなんですか?」

時間はどうせ、充分《じゅうぶん》にある。だから西荻が話し出すまで静かに待った。

「朝の話、冗談《じょうだん》じゃなくて本気なのか?」

頼《たよ》りない西荻の声を聞いて、じわりと心がざわつくのを感じる。朝の話と言うのがエレベーターの中で話した事だというのは分かるが、何度も確認《かくにん》される理由が分からない。

「気持ち悪いかもしれないけど、俺には西荻さんが可愛《かわい》く見える」

胸の中が熱くなる。口にする事で、余計に気持ちを実感した。

「だけど押し付けたいわけじゃないし、西荻さんに何かを期待してるわけじゃない」

「……」

部屋の中は電気を点《つ》けていないから暗い。ここから西荻の表情は見えなかった。

「でも、俺が西荻さんをそういう目で見ている事は知っておいてください。不用意に近づきすぎると、今朝みたいな事をされるって、警戒《けいかい》しておいて欲しいんで」

分かったら早く帰ってくれとばかりに「それが用件ですか？」と尋《たず》ねると、怯《ひる》んだ気配が伝わってきた。

「……旅行に、行くって話は？」

「俺と行きたいんですか？」

からかうような声音で問うと「約束しただろ」と言われる。律儀《りちぎ》にそんな物を守ってどうするんだと、笑う。我慢《がまん》できる自信がないから、西荻に告白したのに、旅行なんて行けるわけがない。

「二人きりになったら何されるか、分かってます？」

低い声で尋ねると、少し間を空けてから西荻がぽつりと呟《つぶや》く。

「俺は……嫌《いや》だって、言ってない」

その返事に喜ぶよりも苛立《いらだ》ちを覚えたのは、西荻が見知らぬ男に体を触れられて、嫌悪感《けんおかん》で顔を歪《ゆが》ませていた姿が目に焼き付いているからだ。

同情心か行き過ぎた友情かは知らないが、実際に触れたら噛みつく癖にと、意地悪い気分でベッドから立ち上がる。西荻はドアを背にしたままだった。

「好きだっていう意味、分かってる？」

「当たり前だろ」

強気に答える癖に、声は酷く小さかった。

「西荻さんの事、抱《だ》きたいって言ってるんだけど。それでも平気なの？」

無理だろ？　と言外に含《ふく》ませながら抱《だ》き寄せる。触《ふ》れた体はガチガチに固まっていた。

拒絶しているのを知りながら、久し振《ぶ》りに触れた体に手を這《は》わせる。体からは煙草《たばこ》と、ルームフレグランスの香《かお》りがした。抱き締《し》める腕に力が入る。

早く拒絶しろよ、と半ば祈《いの》るように思う。拒絶してくれないと、止まれなくなりそうで怖《こわ》い。

「西荻さん」

声を掛《か》けると、西荻は小さな声で何かを言った。小さすぎて聞こえない。

いつも西荻が言うように「何？」と問いかけると、再度唇が開く。

「嫌じゃないって……、言ってるだろ。それで、分かれよ」

予想外の言葉に目を瞠る。

赤い顔で詰《なじ》られて、どこかでパチンと輪ゴムが千切れる音を聞いた気がした。

積極的な女とばかり付き合ってきた。だから西荻のように顔を赤くして、ベッドの上で目を伏《ふ》せる相手は初めてだ。それが新鮮《しんせん》で、ただでさえ興奮していたのに、余計に煽《あお》られる。

女との経験はあっても、当然西荻に男との経験はないだろう。怖がらせないようにと思いながら、触れるだけのキスをしてベルトに手を掛けると、再び西荻が緊張《きんちょう》するのが分かる。

酔《よ》っていた時とは違う反応を楽しみながら、バックルを外す。

「今日は最後までする気ないから」

予《あらかじ》めそう言っておかないと、無理矢理《むりやり》でも抱いてしまいそうだ。

安心させようと柔《やわ》らかなキスを繰《く》り返し、シャツの中に手を入れる。胸の上を撫《な》でると壊《こわ》れそうな程《ほど》に速い鼓動《こどう》が指先に伝わって来た。緊張している様が可愛くて、物慣れない様子に自分のそれが膨張《ぼうちょう》するのが分かる。西荻の体は強張《こわば》っていたが、拒絶《きょぜつ》はされなかった。何度か角度を変えて柔らかく唇《くちびる》を押し付け、触れたかった体を掌《てのひら》でゆっくりと確かめる。

「は、……っ」

短く、西荻が息を吐《は》き出す。ベルトを外そうとすると、俺と目が合うのを拒《こば》むように視線を横にずらした。仰向《あおむ》けに押し倒《たお》した西荻の横に寝そべり、欲望《よくぼう》に手を伸ばす。

スラックスの前を寛《くつろ》げて、下着の中に手を差し込む。西荻のそれが僅かに芯《しん》を持っているのは、触れる前から分かっていたが、改めて掌で確かめる。形の良い性器が反り返るのを感じて、少し乱暴に睾丸《こうがん》に触れた。痛みを与《あた》えるほどではないが、強く揉《も》み込むと腕《うで》の中の体が跳《は》ねる。

「ん、ん」

鼻にかかった声を出して身を捩《よじ》るが、拒絶をする素振《そぶ》りは見せない。

西荻がここまで触れる事を許してくれるとは思わなかった。

「嫌じゃない？」

問いかけて耳に齧《かじ》り付くと、西荻は体を震《ふる》わせながら頷《うなず》く。

「う、ぁ」

剝《む》き出しになっている亀頭《きとう》を親指の先で強く弄《いじ》ると、唇の隙間《すきま》から小さな声が漏《も》れる。それが聞きたくて執拗《しつよう》に弄ると、西荻は「や」と子供のような声を出して俺の手首を押さえた。

構わずに根本の方からぐるりと先端《せんたん》まで螺旋《らせん》を描《えが》くように手で扱《しご》くと、俺の手首を押さえて咄嗟にもう一方の手で西荻は自分の口を塞《ふさ》ぐ。その指の合間から聞こえる吐《と》息《いき》の間隔《かんかく》が、徐々《じょじょ》に短くなる。

「っ」

必死に声を殺している西荻は扇情《せんじょう》的で、忍耐《にんたい》力を試《ため》されている気分になる。相変わらず俺の方を見ない目は熱っぽく潤《うる》んでいて、赤くなっている眦《まなじり》に唇を寄せた。

自分の方を振《ふ》り向かせたいのを我慢して、手の中にある西荻の熱を擦《こす》り上げる。

「ん」

小さく声を上げて腹を波打たせると、掌に温かなものが当たる。白い粘《ねば》り気を帯びた精液だった。西荻は達するとぐったりと体から力を抜《ぬ》き、強張る手を口から外して瞼《まぶた》をぱちぱちと閉じたり開いたりする。西荻は唇を開いたが、なんと言えばいいのか分からないようだった。だから話さなくて良いようにキスをする。しかし舌を入れると、今朝と同じ場所を噛まれる。

「っ」

「わ、悪い」

流石《さすが》に自分に非があると感じたのか、西荻が珍《めずら》しく謝罪する。けれどすぐに「でも、舌なんか入れるから」と拗ねる。

先程までしていた事を考えると、舌ぐらいで文句を言われるとは思わなかった。

「彼女いたんだろ？」

「そうだけど……驚《おどろ》いたんだよ」

「今朝もエレベーターで噛みついてきたよな」

「い、いきなり、会社であんな事するって思わねぇだろ、普通《ふつう》」

今のは悪いけど、今朝のは悪くないと俯《うつむ》きながら主張するのを聞きながら、耳の輪郭《りんかく》を舌で嘗《な》めると「ひ」と小さな声が上がる。

「じゃあこれからもう一回キスして、舌入れるけど、嚙むなよ」

宣言してから再び唇を合わせる。舌を入れた瞬間《しゅんかん》に西荻の体はびくりと緊張したが、再び嚙まれはしなかった。今度はゆっくり先程したかった事をする。西荻の舌を吸い出して嬲《なぶ》ると、吐き出したばかりで萎《な》えていた性器が力を取り戻《もど》す。

「……、……っ」

吐息がまた乱れ始めた。その体を横向きにして抱き寄せる。

「な、に」

西荻の背中を自分の胸に抱き寄せ、中途半端《ちゅうとはんぱ》に下ろしていた下着とスラックスを太腿《ふともも》までずり下ろすと、途端に怯《おび》えて逃《に》げる腰《こし》を引き寄せた。

「し、しないって」

生娘《きむすめ》を相手にしているような気分で「しないよ」と再び約束をする。

だけど声は自分で聞いても呆《あき》れる程に低く掠《かす》れていて、とても安心感を与えるようなものじゃない。恐《おそ》らく狼《おおかみ》が七匹《ひき》の子山羊《こやぎ》にドアを開けろと頼《たの》んだ時の声は、こんな声だったんだろう。

「触るだけ」

西荻は唇を結んで俯く。それを了承《りょうしょう》だと都合良く考えて、腹から胸を撫でる。

シャツをたくし上げて顕《あら》わになった胸の先は、僅《わず》かに内側に凹《へこ》んでいた。それは薄《うす》い色をしていて、触れていると徐々に芯を持って張ってくる。元々少し陥没《かんぼつ》しているせいで、芯を持ってもゆるく三角に尖《とが》るだけで、乳頭だけがピンと立ち上がる事はない。サウナの時はじろじろと見なかったから気付かなかったが、普通の人の物よりもずっといやらしく見えて喉《のど》が鳴る。男の乳首《ちくび》にこれ程興奮する自分に呆れるが、実際そうなってしまうのだから仕方ない。

「あ、うっ」

掌の腹で撫でるように乳首に触れると、手から逃《のが》れるために西荻が体を丸めようとする。それでも執拗に触れると、西荻らしくない泣きそうな声が聞こえた。

「田辺さん」

縋《すが》る声に「名前で呼べよ」と口にすると、律儀《りちぎ》に「智空」と直される。

言い慣れていない言葉を使う時に似た、確かめるような響《ひび》きに腹の奥が重くなる。自分が抱《かか》えている欲望の荒《あら》っぽさを、勝手に指先が伝えてしまう。

「嫌《いや》だ……っ」

「だって、気持ち良さそうだよ。乳首いじると、反応良い」

胸の先を指で摘むと西荻は「ん」と小さな声を零《こぼ》す。目を落とすと、陰茎《いんけい》の先に先程出し切れなかった残滓《ざんし》が滲《にじ》んでいた。それを西荻自身に教えるように指の腹で剝き出しの亀頭に触《ふ》れると、「う、あ」と声を漏らして、背中を反らせる。

ぬるついた粘液《ねんえき》の音がわざとするように指を動かせば、西荻がゆるく首を振った。

割れ目を苛《いじ》めながら、もう片方の手で尖った胸の輪郭を辿《たど》るように小さな円を描く。健気《けなげ》に立ち上がったそこを強いぐらいの力で弾《はじ》くと、西荻が俺の手に爪《つめ》を立てた。

「胸、いじられると、痛いから、触《さわ》んな」

「じゃあ後で、嘗めさせて」

その時を連想させるように、揉み上げをざらりと嘗め上げる。僅かに汗《あせ》の味がした。耳の下からリンパ腺《せん》の上を舌先で辿ると、手の中の陰茎が先程よりも大きくなる。

性器を擦っていた手で尻《しり》を摑《つか》み、更に奥に指を伸《の》ばす。精液を纏《まと》ったぬめる指で縁《ふち》を辿ると、何をされるか悟《さと》った西荻が「変態」と掠れた声で言った。

「や、だ」

「平気だから」

ずぶずぶと指を埋《うず》めると西荻は「う、う」と嫌がって首を振る。そんな姿を見ながら、以前酔って触った時に見つけた場所を指の腹で擦ると、西荻の体がびくりと跳ねた。

「……っ」

優しく引っ搔いてやると、その度《たび》に西荻の体にぎゅうっと力が入る。この場所に入れたら気持ちが良いだろうなと、きつくなった内側を搔《か》き回すと、「い、やだ」と西荻が呟《つぶや》く。

「ぬ、けよ」

吐息混じりの声で拒絶されて、大人しく引き抜く。西荻はほっと息をついた。

精液が指と穴の間で糸を引く。それを見て今度は二本同時に狭《せま》い穴の中に入りこむ。

「んー……っあ」

油断していたのかいきなり奥まで指を許してしまった西荻の体が震える。断続的に締め付けてくる内側の蠢《うごめ》きを感じて、自分の欲望が痛いぐらいに硬くなった。

「初めてなのに、二本目も余裕《よゆう》で根本までいけるみたいだな」

耳元に嘘《うそ》を吹《ふ》き込むと、西荻がぎゅっと瞼を瞑《つぶ》った。

あの夜に俺がその場所に触れた事を、西荻は今でも思い出せずにいる。だからこそ自分の穴が痛みをろくに覚えずに指を咥《くわ》え込む事に、戸惑《とまど》っているようだ。

「ふ、ぁ……っ」

引っ掻くように内側で指を曲げて、前立腺《ぜんりつせん》を探《さぐ》る。西荻はただただ首を振った。慣れない感覚に快感と同時に、不快感も覚えているのか、先程《さきほど》まで高い声を漏らしていた唇《くちびる》から細い吐息が漏《も》れる。一度指を引き抜き擽《くすぐ》るように縁を弄ると、その場所が波打つように動く。指を増やして中に潜《もぐ》り込ませ、浅い部分で開いた。

「ぁ、なんで、入れない……って」

指を閉じてもう少し奥に入る。再び指を開くと、西荻は喉の奥で唸《うな》るような声を出す。

根本まで指を埋めて、中の狭さを確かめるように指を広げたり閉じたりと繰《く》り返す。圧迫《あっぱく》する内壁《ないへき》に、指の感覚を覚え込ませるように動かすと、「はっ」と短く西荻が息を吐《は》き出した。

「はあっ、は」

　まるで今まで呼吸するのを忘れていたように、荒い息を吐き出すのを見ながら、ずるりと指を引き抜く。異物が無くなると、西荻は僅かに表情を緩《ゆる》める。その顔を見ながらファスナーを下ろして硬《かた》くなった物を取り出す。腰を押し付けると、西荻の肌《はだ》に俺の欲望《よくぼう》が触れる。

「あ」

　同じ男なら分かるだろうに、西荻は戸惑ったような声を上げる。堅く張りのある尻の間で自分のそれを動かすと、腕《うで》の中の体が強張《こわば》った。カリの部分が穴に擦《こす》れる度に、逃げようとする西荻の腰を摑む。

「入れないよ」

　怯えてる相手に言い聞かせながら、西荻の精液を会陰《えいん》に塗《ぬ》り込んだ。「……何、すんの?」

「脚閉じて」

　怖《こわ》がる西荻の脚の間に自分の欲望を入れて、軽く動かす。脚は筋肉質で硬いが、肌は男のわりにはやけに滑《なめ》らかだ。西荻の首筋に顔を埋め、汗とフレグランスの混じった匂《にお》いを嗅《か》ぐ。

「んっ」

　鼻に掛《か》かった声を聞いて更《さら》に腰を揺《ゆ》さぶりながら、背骨の窪《くぼ》みを舌先で辿り、項《うなじ》を嘗め上げる。

「熱、い」

困った声で西荻が口にする台詞《せりふ》に煽《あお》られて、硬くなっていた物が更に張りつめる。

陰茎が睾丸《こうがん》にぶつかるのを感じながら、西荻の性器を手筒《てづつ》で愛撫《あいぶ》した。表情は見えないが、視界に入る耳はこれ以上無いほど赤い。染まった項の皮膚《ひふ》を痕《あと》が付かない程度に吸い上げた。

「は、ぁ……っ」

やらしい声がもっと聞きたくて、自分の口を押さえようとした西荻の手を掌《てのひら》で包み込む。

「ん、く」

横向きだと動きにくい。相手が女性みたいに軽くないから余計だ。なのに素股《すまた》程度で今までしたどのセックスよりも興奮しているなんて、おかしな話だ。

「智空……っ」

髪《かみ》を掻き上げて顳顬《こめかみ》にキスをする。視線を落とせば西荻の股の間から自分のそれが、突き出す様が目に入る。その上にある西荻の性器が、とろとろと我慢汁《がまんじる》をこぼしているのも見えた。自分の物と一緒《いっしょ》に西荻の陰茎を手で愛撫すると、逃《に》げるように体がずり上がる。

「もう、やばい……」

先程解放した胸を再び指で弄《いじ》りながら性器を擦《こす》ると、泣きそうな顔で俺を見上げる。

「早いな」

思わず笑うと西荻が目をきつく眇《すが》めたが、鋭《するど》い視線はすぐに緩んで溶《と》けていく。腰《こし》を激しく使うと、肉のぶつかる音と濡《ぬ》れた音が響き、張りのある尻の肉が弾《はず》むように撓《たわ》む。

中に入りたいという衝動を飲み下して、目前にある耳の裏側を嘗《な》めた。そんな所まで敏感《びんかん》なのか、西荻は耐《た》えるようにシーツを引っ張る。そのせいでマットレスの端《はし》が剥《む》き出しになった。

「女とする時も、こんなに早いの？」

根本を手で戒《いまし》めると、切ない吐息《といき》が漏れる。

「そういう、風に触るから、だろ……」

弱々しく涙目《なみだめ》で詰《なじ》られ、苛めている気分になった。それで余計に興奮してしまう。もっと苛めたくなる。キスマークを取って欲しいと強請《ねだ》られた時に感じたような、強い欲望を覚えた。

あの時酔って無意識に腰を振《ふ》っていた姿は、今思い出してもやらしくて興奮する。

「俺のせい？　恭平がそういう体してるんだろ？」

笑いながら指摘《してき》すると、西荻はうっすらと水の膜《まく》が張った目を開いて、首を振る。

「智空の、せい」

手の中の性器がはち切れそうなくらいに硬くなり、膨《ふく》らんだ亀頭《きとう》の先が切なげに小さな穴を広げているのを見て、俺の方も限界が近くなる。

「はぁ、はっ」

発情したせいで熱の籠《こ》もった吐息が、普段《ふだん》は完璧《かんぺき》な笑《え》みを作る口元から零《こぼ》れた。爽《さわ》やかで好感の持てる青年然としていた顔は、今はひたすら淫蕩《いんとう》で男の劣情《れつじょう》を煽るだけだ。

「今、凄《すご》く可愛い顔してる」

顎《あご》を掴み、顔を無理矢理《むりやり》俺の方に向けさせた。首を捻《ひね》るような体勢を強《し》いて、唇を寄せる。舌を吸い出しながら、戒めていた手で陰茎を扱《しご》くと、そこが解放される事を喜びに震《ふる》える。

「ん……ぅ、ん」

文字通り貪《むさぼ》るように唇を蹂躙《じゅうりん》しながら、痛いと言われた敏感な乳首《ちくび》を強めに弾くとそれが引き金になったのか西荻が二度目の射精をする。

「ふ……っ」

達する瞬間《しゅんかん》に西荻に舌を噛《か》まれた。今度は軽く、歯が触れた瞬間はっとしたように力を抜《ぬ》くのが分かったが、それでも三回も噛まれた舌は痛む。その仕返しのように断続的な吐精の間も手を休めず、まだ敏感なそれを扱いた。その度《たび》に西荻の脚の間で俺の性器が締め付けられる。

「あ、あっ、智空…」

西荻は与《あた》えられる刺激《しげき》を嫌がって、首を振った。双臀《そうでん》が引きつり、逃れようと腰を揺らすが、その度に俺の手に陰茎《いんけい》を押し付ける格好になり、体を震わせる。

西荻が吐き出した精液は、剥き出しになっていた腹の一部と、白いシャツを汚《よご》した。清潔な白い服にべったりと飛び散ったそれがやたらと卑猥《ひわい》に見える。

「や、だ……放せ」

泣き言を無視して、抱き締めた体を揺さぶって達した。吐精しても硬度《こうど》を失わない物を、未練がましく尻《しり》の間に押し付けると、びくりと西荻の肩《かた》が揺れる。本当は肉の内側に潜り込んで貫《つらぬ》きたいと思いながら、その欲求《よっきゅう》を無視して西荻の体に腕を絡《から》め、汗《あせ》ばんだ肌に舌を這《は》わせた。

西荻はいつの間にか目尻《めじり》に溜《た》まっていた涙を、何度も子供みたいにごしごしと拭《ぬぐ》う。

お互《たが》いの荒《あら》い息遣《いきづか》いが収まってから、「飯、何が食いたい？」と尋《たず》ねた。

「いらない」

聞き逃《のが》してしまいそうなほど、小さな声で答える西荻の腹筋の上を撫《な》でた。

「腹減ってるだろ？　出掛《でか》けるのが嫌なら適当に買ってくるけど」

「……いい、シャワー浴びたら帰る、から。飯とか……、無理」

素《そ》っ気ない返答を聞いて、思わず眼《め》の前にある項に小さく歯を立てる。

驚《おどろ》いた西荻の体が大袈裟《おおげさ》に反応する。

「今更《いまさら》無理だって言っても、もう逃がしてやる気ないけど」

たぶん西荻が泣いても放せないだろうと思いながら、抱き寄せる腕に力を込める。

やっぱり無理矢理にでも抱《だ》いてしまおうかと考えていると、「違《ちげ》ぇよ」と掠《かす》れた声がした。

「顔合わせて飯食うとか、絶対無理。恥《は》ずかしいから、嫌だ」

西荻の言葉に腕を解く。横向きのままこちらを見ない顔はまだ赤く、目元も潤《うる》んでいる。

そんな顔で「うそつき」と詰られて、収まりかけた欲望が再熱しそうになる。

「何もしねぇって、言った癖に」

「最初は、するつもりなかった」

「告白してきた癖に、全然普段通りで、からかわれてるのかと思って、そしたら本気だって言うから、だったら良いって思ったのに、いきなりこんな事するって……、ありえねぇ」

西荻らしくない辿々しい話し方を聞いて、目尻を指の腹でそっと拭う。

「嫌じゃないって言うから」

「していいとも言ってねぇ、よ」

不機嫌《ふきげん》そうな声を出す唇《くちびる》は濡れていて、吐息を吐《は》き出すために薄《うす》く開かれていた。

「ごめん」

また盛り上がった涙をごしごしと拭う姿を見て、素直《すなお》に謝って捲《めく》り上がったシャツを直してやると、自分がどんな格好をしているかを思い出したのか「ありえねぇ」と再び口にした。

それから自分のシャツの裾《すそ》を引っ張って、俺に散々弄られた場所を隠《かく》そうとする。

「智空って、絶対変態。普通《ふつう》あんなところに指とか、いれねぇし」

わあわあと俺の腕《うで》の中で怒《おこ》り始める。

西荻がセックスの真似事《まねごと》でこんな風になるとは、想像していなかった。酔《よ》って無防備になる姿も可愛《かわい》かったが、こんな風に恥ずかしさを紛らわすために怒る姿も可愛い。

しかし赤い顔で文句を並べながら西荻の視線は時折バスルームに向けられる。

もしかしてシャワーを浴びるタイミングを探《さぐ》っているのだろうかと思ったら、限界だった。

「っ」

堪《た》えきれない笑いを漏《も》らすと、西荻は「何で笑ってんだよ」と余計に真っ赤になって、更に怒り出す。その顔を見ながら、嫁《よめ》に恋《こい》している友人の台詞を思い出す。

「可愛すぎて困るって、こういう意味だったのか」

一瞬《いっしゅん》言葉を無くした西荻の体を引き寄せてキスをしながら、この素直じゃない男をどうやって明日の朝まで引き留めておこうかと考えた。


翌日デザイン部の仕事が一段落着いて、そのタイミングで工藤さんに打ち合わせを打診《だしん》した。

「じゃあ、西荻さんも一緒に参加して貰《もら》おうか」

「分かりました」

大丈夫《だいじょうぶ》かな、と思いながらデザイン室に戻《もど》ると、内線で工藤さんから「西荻さん、これから出るみたいだから打ち合わせ、午後七時ぐらいでいい？」と訊かれて了承《りょうしょう》する。

写真のリンクを確認《かくにん》して面付けしながら、今朝西荻と別れた時のことを思い出す。

昨日の夕食はコンビニ食で済ませて、眠《ねむ》りに落ちる瞬間までずっと緊張《きんちょう》し続けていた西荻を抱きながら眠った。朝になって目を覚ますと西荻は既《すで》に起きていた。

硬《かた》い雰囲気《ふんいき》は昨日より幾分《いくぶん》は柔《やわ》らかくなっていた。しかし逃げる体を押さえて強引《ごういん》にキスをすると、再び体を強張《こわば》らせて「着替《きが》えないといけないから」と口にして、ホテルを出ていった。

西荻がいなくなれば俺もそれ以上ホテルにいる意味はない。流石《さすが》にもういないだろうと思って家に帰ると、弟とその先輩《せんぱい》はまだ残っていた。呆《あき》れながらも西荻との関係がうまくいったので恩赦《おんしゃ》を与える事にして、出社の準備をしていると、もぞもぞと女性の間から弟が顔を出す。半分しか瞼《まぶた》を開けないまま、くあ、と欠伸《あくび》をした永海は夢の中にいるような目で俺を見る。

『お前、いい加減にしろよ』

『あれ、あんまり怒ってないね？　もしかして昨日は例の人のところに泊《と》まった？』

俺の変化を素早《すばや》く察知した弟に詮索《せんさく》されるのが面倒《めんどう》で、少し早めに会社に来た。

しかし西荻が出社したのは、珍《めずら》しく遅刻《ちこく》ぎりぎりだった。一度目を合わせたら気まずそうに逸《そ》らされた。逃《に》げられると追い掛《か》けたくなる。けれど相手の性格上、迫《せま》れば余計に逃げそうだ。

「結構、前途《ぜんと》多難だな」

イラストレーターから上がってきた一枚絵のトンボを直しながら口にする。

考える事が必要な恋愛《れんあい》なんて、した事がなかった。欲しいと思ったら行動に移してきたし、奪《うば》うように触《ふ》れる事も恐《おそ》れなかった。だけど西荻を前にすると調子が狂《くる》う。

可愛いから、酷《ひど》くしたくない。抱かずに抜いただけで満足した事を永海が知ったら、恐らく俺の自制心は古い輪ゴムから新品の輪ゴム程度には、ランクアップするんじゃないだろうか。どのみち簡単に千切れてしまうという評価を脱《だつ》する事はできないだろうが。

「田辺さーん、工藤さんが打ち合わせ始めたいって言ってますよ」

トイレから帰って来たチコちゃんに言われ、時計を見る。約束の時間を回ったところだったので、打ち合わせ用のノートを持って立ち上がる。

オフィスの隅《すみ》、窓辺のソファには既に西荻と工藤さんが座っていた。どちらの隣《となり》も空いているが、俺は普段通り工藤さんの隣に座り、新しい仕事の打ち合わせをする。

西荻はいつもと変わらない。ろくに寝《ね》てないだろうが、疲《つか》れも見せずに話を進める。だけど俺とは頑《かたく》なに目を合わせない。予想はしていたが、あまり面白くない。

「そういえばペンディングだった企画《きかく》どうなるんですか？」

俺の疑問に西荻は「とりあえず暫定《ざんてい》で進めて欲しい」と台割りを見ながら口にする。今回の仕事は大手企業《きぎょう》の創業記念冊子の制作だ。一応既にレイアウトと内容は先方にも確認している。

「じゃあ田辺くん、先割りでレイアウト組んでおいて。大体こっちの頁《ページ》と同じで構わないから」

「先方の社長の写真は頂けるって事でしたけど、新社屋のイメージ図も頂けるんですか？」

「確認して後で返答する」

手帳に内容をメモする指先は淀《よど》みないが、俺の姿を視界に入れる気はないようだ。

西荻の注意を惹《ひ》くことを諦《あきら》めると、工藤さんの携帯《けいたい》が鳴り出す。

「ちょっとすみません」

断ってから電話に出た工藤さんはすぐに確認すべき事があるのか、自分のデスクに戻った。

「西荻さん」

声を掛けると、西荻の指先が一度止まる。けれど一拍《いっぱく》置いて何事も無かったように動き出す。

「何？」

「今日、仕事が終わってから時間ありますか？」

「ない。金曜のプレゼン準備で忙《いそが》しい」

「じゃあ土曜日は？」

「……午後なら空いてるけど」

「それなら、どこか出掛けませんか？」

西荻は俺の言葉に「後で電話する」と口にした。この話はここでしたくない、という雰囲気に大人しく話題を仕事の事に変える。

けれどその代わり、偶然《ぐうぜん》を装って指先に触れた。途端《とたん》に西荻の指先が跳《は》ね上がる。大袈裟な反応に俺の方が驚くと、ようやく視線が合った。普段《ふだん》は冷静な男の顔がじわりと赤くなる。

「……すみません」

素直に謝ると、非難めいた視線を向けられる。赤みの引かない顔を見ていたら、俺の方までその色が移りそうな気がして、西荻から視線を逸らす。

しばらくして戻った工藤さんは、異様な雰囲気に「何か問題？」と不安げに尋ねる。

「……問題だらけですよ」

頭を掻《か》きながらそう口にすると、西荻が目を合わせないまま「誰《だれ》のせいだよ」と呟《つぶや》いた。


「俺駄目だよ、もう、幸せすぎて死ねるもん。ミカぁ、生まれて来てくれてありがとう」

おいおい泣き出す畑・夫を見て、女性陣《じん》が呆れながらも祝福する。男性陣は引き気味だが、オサムの性格には耐性《たいせい》ができているので、これも予定調和として受け入れられる。

畑夫妻から「金曜日の夜、当家にて重大報告パーティがあります」とメールが来たのは、昨日の昼だった。みんな重大報告に関しては粗方《あらかた》予想が付いていたんだろうが、名目がなんであれ参加者は畑夫妻主催の定期的な飲み会だと思っている。

幸せすぎて死ねる夫を余所《よそ》に、当のミカちゃんは女友達に「性別は生まれるまで気にしない事にしたの。どっちが生まれても嬉《うれ》しいし」と、幸せそうな顔で話している。

そんな家主達を見ながら庭の隅にあるパイプベンチで、持ってきたスコッチをロックで飲んでいると、ミカちゃん手作りのティラミスを食いながらタツミが近づいてくる。

「骨抜《ほねぬ》きって、一番初めに表現した奴《やつ》はオサムみたいな知り合いがいたんだろうな」

確かに骨抜きなんて、言い得《え》て妙《みよう》だ。うっかりリアルに想像するとスプラッタ過ぎるが。

こいつらには先日会ったばかりなので参加する気は無かったが、西荻が摑《つか》まらなかったので暇潰《ひまつぶ》しに参加した。

「あいつ子供ができたら、愛の対象が増えてもっとうざくなるぜ？」

辟易《へきえき》とした顔をする癖《くせ》に毎回律儀《りちぎ》に来ている男は、唇《くちびる》に着いたカカオパウダーを舌で嘗《な》めとる。

「それより俺、お前に聞きたい事があったんだけど。お前、西荻さんになんか言った？」

「〝納期は厳しいけど、智空のためなら俺頑張《がんば》って何でもする〟みたいな事は言ったな」

「なんでそんな余計な事言ったんだよ」

「いや、なんか……あの子構いたくなるよね。俺が智空の名前出すたびに段々不機嫌《ふきげん》になって行くのが面白《おもしろ》くて。リテイクばっかりだったからちょっとした憂《う》さ晴らしに」

そんなタツミに憤ると同時に、西荻が嫉妬《しっと》してくれていた事が嬉しい。

「あのさ、訊きたいんだけど……男同士で入れられるのって、初めてはかなりきついのか？」

タツミは「事前リサーチなんて智空らしくないな」と呆《あき》れながら、色ガラスで作られたスプーンを空になったガラスの容器に入れ、大理石のサイドテーブルに置く。

「まぁ痛いし最初は最悪な体験だけど、愛があればいいんじゃねぇの？　俺の場合はそれが無かったからますます最悪だったけど」

自分で訊いておきながらあんまり参考にならないと思っていると、タツミは「お前まであんなになるなよ」とうんざりした顔をする。

タツミの視線の先ではオサムが、タイル張りの上に膝《ひざ》を突いてミカちゃんの手を取って、泣きながら永遠の愛を誓《ちか》っていた。しかしあんな風になるには、相手の協力が必要不可欠だ。

「俺は無理そうだな」

膝を突いた途端、逃げ出す西荻が目に浮《う》かぶ。タツミはそんな俺に「無理でいいんだよ」と呟く。

その後は飲み足りない連中と場所を移し、最後は俺とタツミの二人が残った。タクシーで帰る気分でもなかったので、新宿駅前のカフェでだらだらと学生時代のように始発を待つ。

絶対にティーバッグだとタツミが断言した紅茶を飲みながら、薄《うす》ぼんやりと明けていく空を窓越《ご》しに眺《なが》める。東口の前では学生が騒《さわ》いでた。その彼等の横をストライプの入ったスーツ姿の男が通り過ぎていく。背格好からして西荻とは似ても似つかないが、つい連想してしまう。

西荻からは飲んでいる最中に、メールが来た。短いやりとりで今日の午後に食事の約束をした。

「そろそろ行くか」

もうすぐ始発が動き出すから、タツミが紅茶を飲み干したのを見て声を掛《か》ける。

しかしタツミは立ち上がる素振《そぶ》りも見せずに、ぼんやりと窓の外を眺めながら「俺、ミカちゃんになりたかったんだよね」と言った。

「は？」

「畑ミカになって、畑オサムに愛されたかったんだよね」

「……」

「婚約《こんやく》して、結婚《けっこん》して、家建てて、妊娠だって。すげぇよな俺、ミカちゃんが妊娠したってみんなより少し先に知ってたんだよね。だからすげぇ苛々《いらいら》して仕事も上手《うま》く行かなかったし、智空の好きな相手にも多少八つ当たりしちゃったんだけど」

　タツミはそこまで言うと、はあと息を吐《は》き出す。

　確証は無かったが、うすうす気付いていた。結婚式は欠席するし、新築祝いで二人の家に招待された時は吐くまで飲んでいたから。多忙《たぼう》な癖に、毎回馬鹿《ばか》みたいな理由で開かれる二人のパーティには必ず参加するタツミを見て、もしかしたらとは思っていた。

「智空はさ、本気であの子が好きなわけ？」

「……じゃなきゃ、男が男に告白なんてしない」

　空になったティーカップの底には、タツミが入れたまま取り出さなかった輪切りのレモンが残っている。萎《しな》びたそれに視線を落とすとタツミが「頑張れよ」と口にした。

「もう八つ当たりで余計な事言ったりしないから、頑張れ」

　タツミはそう言うと椅子《いす》から立ち上がった。外に出ると窓越しに見ていた学生がまだ騒いでいる。今日は休日だ。どんな予定があるのか知らないが、やたらと賑《にぎ》やかで楽しそうだ。

「なぁ、あんまり無理するなよ。わざわざ二人を見に行って傷つく事ないだろ」

タクシー乗り場に向かうタツミにそう言うと「そうだな」という返事が返ってくる。

「子供も生まれるみたいだし、もういい加減やめるよ」

歩き去っていく後ろ姿が心配だったが、どうしてやる事もできない。

妻しか目に入っていないオサムは知らないだろうと思いながら、改札を抜《ぬ》ける。

始発電車に揺《ゆ》られながら、俺ももし西荻に拒絶《きょぜつ》されていたらタツミみたいに報《むく》われない気持ちを抱《かか》えていたのだろうかと、眩《まぶ》しい朝日の中で考えた。


聞き慣れたアラーム音に目を覚ます。

ベッドの上からバッグを手繰《たぐ》り寄せ、携帯《けいたい》を探す。半ば無意識にボタンを押して音を停止させたが、すぐにまた鳴り始める。その音を聞き、アラームなんて設定していない事を思い出す。

「はい」

液晶《えきしょう》を確認《かくにん》しないまま、耳に携帯を押し当てると「寝《ね》てた？」と不機嫌な声がする。

声の主が西荻だと分かった瞬間《しゅんかん》、部屋の中が暗くなっている事に気付く。

始発で家に帰ってきて、風呂《ふろ》に入ってベッドに潜《もぐ》り込んでから、今までずっと寝ていた。

午前中は仕事があるという西荻と待ち合わせを約束したのは、午後六時だった。

一体今は何時だと、一度携帯を耳から離《はな》して液晶に映る時間を確認する。午後六時半だ。

「悪い。今から行く」

三十分も駅で待たせていた事に気付き、申し訳ない気持ちで謝る。

『おい、マジかよ』

「本当に悪い。先に店行ってて」

電話が来てから、着替《きが》えて以前西荻と訪《おとず》れた代官山《だいかんやま》の店に着くまで一時間弱かかった。

西荻はかなり怒っていた。顔を合わせると「寝てるとかありえねぇ」とビールを手に不満を漏《も》らす。

寝過《ねす》ごした事を改めて詫《わ》びて、明け方まで飲んでいた事を話すと、ますます呆れた顔をする。

「始発待たなくても、タクシーで帰れば良かったんじゃねぇの？」

「タツミも俺も、かなり酔ってたから少し醒《さ》ましてから帰ろうと思ったんだよ」

「辰巳達也って、暇《ひま》なのかよ？　いつも二人で飲んでるよな」

周りが潰《つぶ》れていくので、最終的にはいつも俺達が残るだけでいつも二人で飲んでるわけじゃない。性格には難があるが、イラストレーターとしてのタツミは相当人気がある。暇な筈《はず》はないが、俺もあいつも仕事をやりくりして余暇《よか》のための時間を作る術《すべ》には長《た》けている。

「まぁ、恭平の忙《いそが》しさと比べたら、暇な方だろうな」

何故《なぜ》かむっと唇《くちびる》を曲げた西荻に断ってから、カウンターで料理と黒茶を頼《たの》む。いちいち席に戻《もど》るのが面倒《めんどう》でカウンターに寄りかかり、店内に流れるどこかの国の歌謡《かよう》曲に耳を傾《かたむ》ける。

「ビールは？」

店主に訊かれ、西荻はまだ飲むだろうかとテーブル席を振《ふ》り返る。西荻の向かい、俺が座っていた席にはいつの間にか見知らぬ女がいた。身を乗り出すようにして西荻と話している。

「智空が来るまでも、何人かに声を掛けられてたよ」

「そうなのか？」

自分の中に芽生えた不快感を黒茶で飲み下す。

以前は付き合っている相手が誰《だれ》かに言い寄られていても、嫉妬や不快感なんて少しも抱《いだ》かなかった。なのに今は、自分の席に座る女を追い払《はら》いたいと考えている。

「で、ビールどうすんの？」

頼んだ料理を全《すべ》てカウンターに置いた店主に再度聞かれ「また後で取りに来る」と答え、皿を運ぶ。ちょうど席に近づいたところで、女が面白《おもしろ》くなさそうな顔で離れて行く。

「西荻さんらしくないなぁ。相手を怒《おこ》らせずに引いて貰《もら》う言い方、熟知してそうなのに」

女みたいに嫉妬《しっと》していた事を隠《かく》すために、わざと職場と同じ言葉遣《ことばづか》いで茶化《ちゃか》すと、西荻はじろりと俺を睨《にら》み付けてくる。どうやらまだ機嫌《きげん》は直っていないようだ。

「勝手に椅子に座ってくるような女だぞ？　仕事じゃないのに、何でそんな奴《やつ》に気遣《きづか》わなきゃならねぇんだ。それより……俺が断るまで見てたのかよ」

「いや、料理ができるのを待ってた」

温かい鶏肉《とりにく》のキッシュを三口で食べきって、フィッシュアンドチップスに手を付ける。

ポテトフライを食いながら、多少胃がもたれている事に気付く。二日酔《よ》いはないが、酒を飲みたい気分にはなれずに、黒茶で唇を湿《しめ》らせる。

チリソースのかかったタコスにかぶりつくと、西荻が追い払った女が別の客の肩《かた》に寄りかかっているのが見えた。胸はないが腰《こし》が細く、脚が長くて綺麗《きれい》だ。西荻は鬱陶《うっとう》しそうにしていたが、顔だって悪くない。あんな女に誘《さそ》われたら、普通《ふつう》の男はぐらりと来るだろう。

「断らない方が良かったのか？」

向かいに座る男がじっと俺を睨み付けてくる。

「今あの女見てたよな？」

「いや、ちょっと考え事してた」

「あの女見ながらする考え事ってなんだよ」

西荻は立ち上がり、空になった瓶と引き替《か》えに、中身が詰《つ》まったベルギービールを手に戻って来た。少し顎《あご》がしゃくれぎみの少年と犬のイラストがラベルにプリントされた瓶を見て、「飲みすぎじゃない？」と尋《たず》ねる。西荻の目は既《すで》にアルコールに霞《かす》んでいるように見えた。

「お前のせいだろ？　俺は時間にルーズな人間は嫌《きら》いだ」

きっぱりとそう口にした西荻に「だから、悪かったよ」と何度目かの謝罪をする。

俺はまだ昨日の酒が残っていたし、既に酔っている西荻にこれ以上酒を飲ませる気にもならなかった。だから西荻がビールを飲み終わったところで、店を出ようと提案する。

「まだ平気？」

店の前にある階段を上りながら問いかけると、西荻は自分の腕時計《うでどけい》に視線を向けて頷《うなず》く。

「恭平の部屋に行っていい？」

「いいけど。泊《と》めるつもりはねぇから……」

警戒《けいかい》されていると思いながら「分かってる」と返事をして、西荻の家まで歩く。

西荻の家は恵比寿《えびす》駅から徒歩数分の立地にある少し大きめのマンションだ。先日は場所も知らなかったし、西荻がろくに歩けないからタクシーを呼んだが、店からはかなり近い。

緩《ゆる》やかな坂を上りながら、夜なのに明るい路地を抜ける。中学生の頃《ころ》、電車とバスを乗り継《つ》いで全国を回った時、都市部が夜でも明るい事を知って驚《おどろ》いた。実家があるのは栄《さか》えた地域だが、それでも夜は歓楽《かんらく》街でもない限り、ちゃんと暗い。

「恭平は、実家も東京なんだよな？」

「綾瀬《あやせ》の方だよ。親が子供の頃はお化け煙突《えんとつ》が家から見えたらしいな」

少し態度を軟化させた西荻の視線が、ビルの隙間《すきま》から見える渋谷《しぶや》清掃《せいそう》工場の丸い煙突に向けられる。赤い航空障害灯が点滅《てんめつ》していた。

「お化け?」

本当にその手の話題に弱いなと思ったところで、頭の中を読んだように「そっちのお化けじゃないからな」と先手を打たれる。

「近くの発電所に煙突が四本立ってて、見る方向によってはそれが重なって二本に見えたり、三本に見えたりしたらしい。それでお化け煙突なんだって。今はもう取り壊《こわ》されてねぇけどな」

トリックアートみたいだ。見る方向によって本数が違《ちが》って見えるなんて面白い。

「こっち」

タクシーと同じ道を行こうとすると、西荻が更《さら》に狭《せま》い路地に入る。

しばらく歩くと、以前見たマンションが現れた。外観だけでなく内装も瀟洒《しょうしゃ》な雰囲気《ふんいき》だ。エレベーターに乗った時に2LDKだと聞いたが、実際部屋に上がってみるとリビングは想像したよりも広い。

「一人暮らしにしては良い部屋だな」

「俺の場合は彼女と住んでたから」

それを聞いて納得《なっとく》する。マンションが西荻らしくないのは、恋人の希望を優先させた結果かもしれない。部屋の中の不自然に空いた空間には、恐《おそ》らく彼女の物が置いてあったのだろう。

リビングにはテレビとテーブルが置いてあるだけだ。俺の部屋に物が多すぎるとしたら、西荻の部屋は寂しい程に物が少ない。

俺がフローリングの上に直《じか》に座ると、西荻が珈琲《コーヒー》の入ったマグを二つ持って来る。

「ソファとか、買わないの？」

「あったけど、なくなった。どうせ次の更新《こうしん》で引っ越《こ》すから。新しく部屋が決まってから買う」

離れた所に座ろうとするから「隣《となり》座ってよ」と口にすると、躊躇《ためら》うような素振《そぶ》りを見せたが、西荻は大人しく俺の横に座る。床《ゆか》の上に置かれた片手に、手を重ねた。会社で触《ふ》れた時のようにびくりと飛び上がる事はなかったが、それでも緊張《きんちょう》気味に体が強張《こわば》る。

早く西荻が慣れればいいと思いながら手を弄《いじ》っていると、西荻の顔が徐々《じょじょ》に赤くなってきた。いやらしい事は何もしていないのにと思いながら顔を覗《のぞ》き込むと、西荻が俯《うつむ》く。

「今日は何もしねぇから」

「何もって？」

訊き返しながら、部屋にカーテンがない事に気付く。ソファと一緒《いっしょ》に元彼女が持っていったのか西荻が捨てたのかは知らないが、きっと女性が選んだものだったんだろうと想像する。途端《とたん》に先程《さきほど》の店で西荻を誘っていた女を思いだして、面白くない気分になる。

「だから、変な事とか」

拗《す》ねた声を聞きながら、その首筋に唇を押し付ける。

俺は同棲《どうせい》した事もないし、西荻みたいに年単位で交際が続いた事もないから、別れるときの消失感が想像できない。だけど、同じ家に住んでいた誰かが出ていくのは、ただ別れるよりもずっと深い傷を負うだろう。不意に西荻が俺との関係を承諾《しょうだく》したのは、寂《さび》しかったからかもしれないと思った。だけど今はそれでもいい。

「っ、智空」

「必死で逃《に》げるなら、家に上げなきゃいいのに」

ざらついた声で当てこするように言ってしまったのは、恐らくこの部屋にいた元彼女に嫉妬したからだ。そんな大人げない自分に思わず笑いが漏《も》れると、西荻が怯《おび》えて体を硬《かた》くする。

「何、怖《こわ》がってんの？」

視線を合わせると、西荻の瞳《ひとみ》が戸惑《とまど》うように揺《ゆ》れた。らしくない。もっと毅然《きぜん》とした態度で拒絶《きょぜつ》してくれないと止まれない。こっちはただでさえ慣れない自制と嫉妬で色々と限界なんだ。

腰に手を回して頬《ほお》にキスをしながら、西荻の手からマグを取り上げる。

カップにはモリス風のデザインがプリントされている。元彼女が使っていた物かもしれない。そんな事を気にするのはどうかと思うが、実際気になってしまうんだから仕方ない。

「しないって」

抱《だ》こうと考えていたわけじゃないし、抱かないと考えていたわけでもない。成り行きに任せるつもりだったが、余りにも西荻が意識しているから、少し挑発《ちょうはつ》してみたくなって、だから焦《あせ》った声を漏らす唇《くちびる》をキスで塞《ふさ》ぐ。嚙《か》まれるのは嫌《いや》なので、驚かせないように西荻の唇を舌で湿らせてから、歯列をなぞりゆっくりと隙間に舌を入れる。

「ん」

シャツの上から胸に手を当てると、その瞬間《しゅんかん》に西荻に突《つ》き飛ばされた。

「っ、しねぇって言ってるだろ」

苛立《いらだ》った顔で言われて「キスしかしてないだろ」と反論すると、俺から距離《きょり》を取った西荻が「前もそう言って結局あんな事しただろ」と顔を赤くする。

頑《かたく》なな西荻の態度を見て、「分かったよ」とこれ以上触れる事を諦《あきら》める。

西荻は俺が約束しても近づいて来ようとはしない。確かに前科があるので信じろというつもりはないが、不自然に空いた距離に思わず溜息《ためいき》が漏れる。

俯いたままの西荻の唇がぎゅっとなるのを見ながら、気まずい沈黙《ちんもく》をうち破りたくてリモコンでテレビを点《つ》けた。何を見てもどうせ面白《おもしろ》くないだろうと、チャンネルは替えずにニュース番組をだらだらと見る。

触れないでいると次第《しだい》に西荻の警戒も解けてくる。

肩《かた》の力を抜《ぬ》いた西荻とくだらない話をしていると携帯《けいたい》が鳴りだす。仕事の電話だろうと思ったが、その割りには西荻の様子がおかしい。俺の方をちらりと見てから携帯を手に立ち上がる。

「何？」

硬い声で応答しながらベランダに行く後ろ姿を見て、元彼女だろうと当たりを付ける。土曜日の夜に電話を掛《か》けてくるなんて、向こうはまだ未練があるようだ。

そう思ったら大人げなく腹が立って、ベランダに続くガラス戸を開ける。

西荻は驚いた顔で俺を振《ふ》り返った。その顔を無視して背後から項《うなじ》に唇を落とす。

「っ、なに」

びくりと震《ふる》える体を抱《だ》き締《し》めたまま、リップ音を立てて首筋を吸うと西荻が息を吸い込む。

『もしもし、恭平？』

電話の向こうの声はやはり女の物だった。それを聞いて先程拒絶された胸の上にもう一度触れる。

ぎゅうっと、胸の肉ごと摘《つま》むと「はっ」と乱れた息を吐《は》き出す。折角の可愛い声を他の人間に聞かせる気はないから、携帯を持つ西荻の手を掴《つか》んで耳元から遠ざける。そのままボタンを押して通話を切ったが、それを知らない西荻は胸を弄られながらも必死で声を抑《おさ》えようとする。

「感度が良いのも大変だよな」

俺の言葉に西荻が「っざけんな」と言って、腕《うで》の中から逃《のが》れようとする。

それを無視して押さえ込む。西荻が「放《はな》せよ」と小声で抗議《こうぎ》するから、耳の後ろをホテルでしたように嘗《な》め上げると、絞《しぼ》り出すような声で「変態」と俺を罵《ののし》った。

これ以上すると泣きが入りそうだったので、腕の中の体を解放すると西荻はすぐに携帯を耳に当てた。既《すで》に通話が切れている事を確認すると、俺を睨《にら》み付けて「信じられねぇ」と怒る。

「人の電話、何勝手に切ってんだよ。しかもこんなところで、何考えてんだ」

西荻は呆《あき》れたように「そればっかだな」と吐き捨てる。

「元彼女には知られたくなかった？」

嫉妬してそう口にする。西荻が俯きながらぎゅっと携帯を握った。

大人げなくそれを投げ捨ててしまいたい衝動《しょうどう》を感じながらも「悪かったよ」と口にした。

俺がリビングに戻《もど》っても、西荻は入って来ようとしない。これからまた彼女に電話を掛けるんだろう。自分がそれを大人しく待っていられる自信はなかった。

「今日は帰る」

西荻も恐らくそうして欲しいと思っているだろう。だから返答を待たずに背を向けて部屋を出ようとすると「智空」と腕を掴まれた。その時足がテーブルにぶつかり、衝撃《しょうげき》を受けて床の上に落ちたマグの取っ手が割れる。

それを見て西荻はぐっと眉《まゆ》を寄せて、俺の腕を掴んだ手を離す。

「悪い」

思わず謝ると西荻は怒《いか》りを堪《た》えるように吐息《といき》を吐き出してから、「別に、いい」と呟《つぶや》く。

「俺が片づけるから、帰って良い」

そう言われても、そのまま置いて帰る事はできずに拾い上げて片づけた。

カップが片づくと、西荻は「気にしてねぇから」と不機嫌《ふきげん》な顔で俺から視線を逸《そ》らす。

このまま此処《ここ》にいても関係を悪化させるだけだろうと、俺は西荻の携帯を見ながら溜息を吐き、部屋を出る。先程は二人で歩いた道を一人で歩きながら、不意にタツミの言葉を思い出す。

『ミカちゃんになりたかった』

俺は西荻の元彼女になりたいなんて思わないが、想われている存在を羨《うらや》ましく思うタツミの気持ちは少しだけ分かった。


『辰巳達也を使うキャンペーンの件で、出版社との打ち合わせに参加して欲しいから』

そう工藤さんに言われたのは昨日の事だった。

デザイン部の人間まで先方との打ち合わせに参加するのは珍《めずら》しい。広告会社の名前が入った俺の名刺《めいし》はないので、蟹股《がにまた》のコンソールテーブルの引き出しから、個人用の名刺とそのケースを取り出してジャケットに入れる。

「にいちゃん、スーツ着ると余計に堅気《かたぎ》に見えないね。地味なグレイのスーツが逆に〝地味を装ってる〟っぽく見えて、かなり怪《あや》しい。映画で見た武器商人みたい」

「俺はただのデザイナーだよ。じゃあ、ちゃんと鍵掛《かぎか》けてバイトいけよ」

「はいはーい」と気楽に手を振る永海に一抹《いちまつ》の不安を覚えながら、会社に急ぐ。

朝のホームで電車を待ちながら、先週末の事を思い出す。土曜日の夜に揉《も》めたので、日曜日には一応メールをしたが、帰ってこなかった。月曜日は直行だったらしく西荻は午前中は一度も会社に顔を出さなかった。午後になってから何度か見掛《みか》けたが、結局話はできなかった。

会社では普段《ふだん》と変わらないが、二人きりになるような状況《じょうきょう》は避《さ》けられている。元々西荻は男と寝《ね》るような趣向じゃないから、彼女からの電話で我に返ったのかもしれない。

『嫌だって、言ってない』

西荻が俺の告白に対して口にしたのはそれだけだ。

付き合うとも、好きだとも違《ちが》う。それは初めから西荻が自分のために用意した逃《に》げ道だ。分かっていたが、それを奪《うば》おうとは思わなかったし、狡《ずる》いとも感じなかった。

西荻のようなタイプが、同性といきなりそういう関係になるのは負担だと気付いていたから、逃げ道ぐらいは許した。気長に、西荻が自分からその道を塞ぐのを待てばいいと考えていた。だけど割れたマグを見つめる寂《さび》しげな目を思い出すと、その余裕が簡単に崩れる。相手の表情一つで乱されるなんて、オサムの事を笑えない。

電車から吐き出される人混《ひとご》みの中を抜けながら、西荻の事ばかり考える。

お陰《かげ》で会社に着く頃《ころ》には、自分が何故《なぜ》今日はスーツを着ているのかを忘れていた。

「田辺くん、打ち合わせ午後一だから早めに昼食べてね。こっちは半に出るつもりだから」

工藤さんの言葉を聞いて「ああ、そういえば」と、やけに喉《のど》が苦しいと思っていた原因に気付き、窮屈《きゅうくつ》さの象徴《しょうちょう》であるネクタイを緩《ゆる》める。

言われた通りにその日は早めに昼食をとって、相変わらずろくに話をしない西荻と工藤さんと俺の三人でタクシーに乗り込み、先方の会社の近くでタツミと合流した。

「なんで、智空もいんの？」

タツミは俺を見て不思議そうに首を傾《かし》げる。俺もつい同じ方向に首を傾げ「向こうの要望らしいな」と口にする。今回辰巳達也を確保できた事で、別の案件も受注したのでその件で話があるのかもしれない。しかしそれにしても疑問は残る。

タツミはまだ不思議そうにしていたが、入り口に立っている警備員に会釈《えしゃく》して中に入った。

出版社らしくロビーの隅《すみ》にあるソファや商談スペースの壁《かべ》には、自社の出版物が並んでいた。

受付で西荻が用件を告げると、奥にある広いミーティングブースに通される。

出された珈琲《コーヒー》を飲んでいると、約束の時間通りにラフな格好の担当者が二人現れた。

「わざわざどうも」

挨拶《あいさつ》したうちの一人が、俺を見てにやりと口元を歪《ゆが》ませる。余り良い思い出のない相手だ。

――ああ、なるほど。そういう事か。

自分が呼ばれた理由に気付きつつも、二人に挨拶をする。タツミの事は工藤さんが紹介《しょうかい》した。

紹介が終わり席に着いたところで、顔見知りの担当者が俺に笑いかける。

「久し振《ぶ》りだね、智空くん」

「お久し振りです」

「いやー……今回の仕事に智空くんが参加してるって聞いてね、懐《なつ》かしくて呼び出しちゃったよ。もうこっちの業界にはいないと思ってたからびっくりだよ」

その言葉に、工藤さんが困ったように笑った。

恐《おそ》らく彼がこの場に参加するのを、工藤さんは知らなかったのだろう。何も知らない西荻が
「お知り合いだったんですね」と明るい声で言った。

「五、六年前に、売れっ子のライターだった智空くんに仕事頼《たの》んだんだよ。でも、ちょっと揉《も》めてね。当時は智空くんも子供だったから仕方ないけど、今度の仕事はちゃんとやってくれよ」

向けられた笑顔《えがお》に苛立《いらだ》ちを覚えた。けれど仕事で感情を表に出すほど子供じゃない。

「勿論、ご要望通りに作り上げます」

俺の言葉に満足したのか、相手は鷹揚《おうよう》に頷《うなず》いてから打ち合わせを始めた。元々デザイン部なんて、打ち合わせには必要ない。だから特に意見を求められる事もなかった。

タツミは自分が直接先方と話したいと言った癖に、会議を早く終わらせたがって貧乏揺《びんぼうゆ》すりを始めた。そんなタツミの態度を見て先方が「じゃあ今日はこれぐらいで」と一時間弱の会議を終わらせた途端《とたん》に、「どうもありがとうございました」と早口に言って会社を出ていく。

「おい、今の何だよ」

先を歩くタツミにそう声を掛《か》けると「あいつ、例の奴《やつ》だろ」と吐《は》き捨てるように言った。

ライターを辞《や》めた理由を知っているタツミを誤魔化《ごまか》すことを諦《あきら》めて「そうだよ」と口にする。

「すげぇ性格悪いな、あいつ。嫌《いや》みを言うためにわざわざ智空の事呼び出したのかよ」

俺の代わりに怒《おこ》っているタツミに「怒ってくれるのは嬉《うれ》しいけど、次からは普通《ふつう》にしてくれよ」と口にすると、「だってあんなの」と言いかける。その頭をぐしぐしと撫《な》でながら「うちの会社の立場が悪くなるから」と告げる。

「でも、ありがとうな」

タツミはむっと唇《くちびる》を噤《つぐ》むと「分かったよ」と言って、工藤さんや西荻に頭を下げた。

これからタツミの態度に対して、先方にフォローするのは西荻や工藤さんの仕事だ。尤《もっと》もタツミがうちの会社の人間じゃない事は分かっているので、恐らくそれほど責められないだろう。もしかしたら普段折衝《ふだんせっしょう》している事を同情されるかもしれない。実際顔見知りじゃない方の担当者は、タツミが不機嫌になる度《たび》に工藤さんに同情的な視線を向けていた。

まだ不服そうなタツミとはそのまま会社の近くで別れ、俺達は駅に向かって歩く。

「向こうが田辺くんも参加させて欲しいって言うから、デザインに関して細かい注文があるものと思っていたんだ。まさか彼が来るとは思わなかった。悪かったね」

タツミがいなくなると、工藤さんがすぐに謝ってくる。

「別に、あれぐらいの嫌みは平気ですよ。それよりタツミの事、すみませんでした」

「辰巳達也って、なんか苦手だったけど田辺くんにとっては良い友達なんだね」

思わず苦笑《くしょう》すると、それまで黙《だま》っていた西荻が足を止める。

「俺これから別件があるんで」

「あ、じゃあここで。お疲《つか》れさまです」

工藤さんがそう言うと、西荻は時計に目を落とし、足早に駅前のタクシー乗り場へ急ぐ。

その後ろ姿を見送り、駅の構内に入る。人混みを上手《うま》くすり抜《ぬ》けてホームに立ち、タイミング良くやってきた電車に乗り込む。

流れる車窓の景色を眺《なが》めていると、工藤さんが「今日は本当に申し訳なかったね」と口にする。

「全然気にしてないんで大丈夫《だいじょうぶ》ですよ」

そう口にすると工藤さんは「だったら、今度久し振りに書いてみないか？」と言った。

「デザインだけで手一杯《ていっぱい》ですよ。西荻さんが鬼《おに》のように仕事を取ってくるから。それにライターの仕事を引き受けても、給料変わらないから正直ただ働きなんですよね。そもそもこの間の翻訳《ほんやく》分の給料も上乗せされてなかったですし」

「分かった分かった。翻訳分は、俺が今度飯でも奢《おご》ってやるよ」

「お願いしますね」

そんな風に工藤さんと軽口を叩《たた》いていると、電車が停車する。ガラス越《ご》しに見る向かいのホームに、西荻らしき人間がいた。そんなわけがないのに、後ろ姿のその男をじっと見てしまう。

頭を使う恋愛《れんあい》は俺には向いていないし、隠《かく》さなきゃいけない恋愛は西荻には向いていない。

知っていて付き合ったのは、西荻が好きだからだ。だけど向こうが我に返っても、俺はもう手放せないだろう。最悪な雰囲気で終わった土曜日を、早くやり直したい。

そんな事を考えていると、見ていた男が振《ふ》り返る。だけど顔は、少しも似ていなかった。


その日、俺が西荻と連絡《れんらく》が取れたのは夜の十二時を過ぎた頃だった。

ようやく仕事が終わったという西荻に話がしたいと告げて、西荻の家の近くにある深夜営業のカフェに向かう。一階には西荻の姿はなかったので、二階に向かった。

二階にいるのは三組だけだった。一組は恐らく恋人《こいびと》同士の男女で、二組目はやたらと派手な女と冴《さ》えないサラリーマンだった。その二組とは離《はな》れていた奥の席に、西荻が座っていた。

「こんな時間に何？」

不機嫌《ふきげん》な西荻の向かいに座って、ウェイトレスに珈琲を二つ頼む。

「この間のこと、ちゃんと話しておこうと思って」

俺がそう口にすると、西荻は「それより今日の事を先に話せよ」と言った。

「仕事の話の事？」

俺の質問に西荻が頷く。

「別に、大した事じゃない。少しの間ライターをしてて、その頃《ころ》に知り合った編集者と久し振りに再会しただけだ。あの会社に移ってるとは知らなかったから驚いたけどな」

俺がそう説明すると、ウェイトレスが珈琲を持って近づいてきた。

そういえば俺達の間では何かあると缶《かん》珈琲だった。ほんの数ヶ月前の話なのに、西荻とぎこちなくやりとりしていた頃が懐かしくなる。いや、ぎこちないのは今も変らない。

「それだけじゃねぇだろ」

西荻は真っ直《す》ぐに俺を見てそう口にする。頼んだ珈琲には視線も落とさない。

「工藤さんから聞いた。智空の書いた記事が他《ほか》の人の名前で出されたって」

「別に普通の事だろ？」

フリーランスで働いてる連中の半分以上は署名記事なんて書けない。書いた記事が編集者の名前で載《の》る事も多い。それは何も特別な事じゃない。一々ライターやデザイナー、カメラマンの名前を掲載《けいさい》していたら、雑誌の頁《ページ》は人の名前で埋《う》まってしまう。

「本まで他のライターの名前で出てるなんて、普通じゃねぇよ」

「なんで？　世の中にはゴーストなんて腐《くさ》るほどいるだろ」

芸能人や著名人の代筆なんて、珍《めずら》しい仕事じゃない。普通に書くよりも、誰《だれ》かのゴーストの方が払《はら》いが良い。売れないライターでも、芸能人の名前を借りるだけで収入の桁《けた》が違《ちが》う。

「ちゃんと話せよ」

苛立ったように西荻が言うから、俺は頭を掻《か》きながら回想するはめになる。

何故《なぜ》西荻がこんな過去の話を知りたがるのかは知らない。面倒《めんどう》だったが、別に話すのが辛《つら》いわけではないから、始まりのところから説明した。

俺は専門を卒業してからの二年間、各国を放浪《ほうろう》しながら時々ライターの仕事をしていた。そんな折にコラムを書いていた出版社の別部署から、仕事を頼《たの》まれた。海外にいる無実の日本人の写真を撮《と》って記事を書いて欲しいと頼まれ、実際その相手に会いに行った。

記事は小さかった。経歴や罪状を説明しただけで一杯になるような文字量だったが、週刊誌に掲載されると大きな反響《はんきょう》を呼んだ。

それに気を良くした編集部が特集を組むと言い出した。企画《きかく》が決まった時、既《すで》にその国を出ていたが、急遽《きゅうきょ》船で戻《もど》って追取材をした。男はべらべらと良く喋《しゃべ》った。行く度に煙草《たばこ》かビールを要求されていたから、俺は毎回そのどちらかを二つずつ持って訪ねた。何故なら一つは必ず、手荷物検査をする看守に渡《わた》さなきゃならなかったからだ。その国ではそれがルールだった。

男は俺がレンズを向けるとビール瓶《びん》をフレームの外に押しやり、哀《あわ》れな目をしてみせた。語られる身の上や投獄《とうごく》までの流れは気の毒としか言いようのない物だったが、俺は同情しながらも違和感《いわかん》を覚えていた。その正体に気付いたのは原稿《げんこう》をメールで日本に送ってからだ。

違和感の正体は、男が俺に金を要求しない事だった。物は要求されるが、金は要求されない。

日本の刑務所《けいむしょ》と違って中では金で様々なやりとりがされる。菓子《かし》や酒、自由時間すら金で買える。金があれば日本に電話も掛《か》けられるが、男からは連絡を取りたい誰かがいるとは聞かなかった。「投獄された時に縁《えん》を切られた」と言ったが、一度も身内に裏を取らなかった。大使館には確認《かくにん》したが「把握《はあく》していない」と言われ、義憤《ぎふん》に駆《か》られただけだった。

その日本人は「現地の言葉も英語も上手く喋れず、裁判もなく刑務所に入れられた」と言っていたが、そんな相手が俺のインタビューに平然と答えている事自体がおかしかった。涙《なみだ》は見せるし「日本で無罪を訴《うった》えてくれ」とは口にするが、縋《すが》るような必死さはない。

俺はジャーナリストじゃなくて、ただのライターだった。だから情報の真偽《しんぎ》を確かめるのは自分の仕事じゃないと、切り離している部分があった。しかし違和感に気付いてしまえば無視する事はできず、男の話に出てくる関係者に会いに行った。調査を始めて三日目に会った現地の警官に「彼は日本のヤクザ。ギャングを怒《おこ》らせ、身を守るために刑務所に入った。でも仕切るギャングが代わったから、そろそろ出たいらしい」と教えられてようやく納得《なっとく》した。

そこまで話すと、西荻は「その男の話はニュースで見たけど、そんな事情があったなんて知らなかった」と呟《つぶや》く。それはそうだろう。知っているのはごく一部の人間だけだ。

「やばくなって刑務所に避難してただけのヤクザを、俺は善良な一般《いっぱん》市民にして悲劇たっぷりに書いたんだよ。すぐに日本に連絡して記事の差し替《か》えを頼んだけど、無理だって電話を切られた。納得できなかった俺は、その日のうちに飛行機で日本に戻って、編集部に事情を話した」

だけど結局、記事は差し替えられなかった。俺はせめて自分の名前を載せないで欲しいと頼んだ。発売された雑誌には別のライターの名前が著者として記されていた。無名だったそいつは、それを機に有名になった。彼だけじゃなく非業の日本人受刑《じゅけい》者も。

すぐに弁護師団が日本から派遣《はけん》され、男が無罪放免《ほうめん》で日本に帰国した後、俺の書いた記事を元に釈放《しゃくほう》までの動きが本に纏《まと》められ、他のライターの名前で出版された。

「ちょうどその辺りにコラムを連載《れんさい》してた雑誌が休刊して、良い機会だったからライターの仕事からは手を引いた。旅をする気分にもならなくて、鬱々《うつうつ》としてたら専門時代の友達に仕事を手伝わされて、そこからデザインの仕事ばかりするようになった」

大して面白《おもしろ》くない話を、一気に打ち明けて喉《のど》が渇《かわ》く。珈琲《コーヒー》を飲み干して、眠《ねむ》そうな顔で厨房《ちゅうぼう》とフロアの中間に立っているウェイトレスに二杯《はい》目を頼む。

そう待つ事もなく運ばれて来たそれに、先程《さきほど》と同じストローを差し込んで氷がガラスにぶつかる音を聞いていると、西荻が「なんで」と呟く。

「なんで言わなかったんだよ」

「なんで、言うの？」

過去の失敗談なんて、できれば隠しておきたい。しかも自分の書いた物に対して、責任も取れずに逃《に》げ出した過去なんて、好きな相手に知られたい話じゃない。

「知ってたら、あそこの仕事は取って来なかった」

西荻が深刻な顔をするから、話し方を間違《まちが》えたと後悔《こうかい》する。

俺にとって、あの件は若い頃の失敗談に過ぎない。思い出す度に簡単に騙《だま》された自分を青臭《あおくさ》く感じ、同時に有罪だった癖《くせ》に無実と同情を勝ち取った男と、事実を知りながら記事を出した編集部に対して義憤を覚えるがそれだけだ。当初は彼を檻《おり》から出した事に責任を感じていたが、罪悪感はとっくに薄《うす》れ、今あるのは若い頃の失敗に対する淀《よど》んだ不快感だけだ。

「もう気にしてない。それに今は、制作側の都合も分かる」

まさか当時の担当者があの出版社に移っているとは知らなかったから、顔を合わせた時に多少態度がぎこちなくなってしまったかもしれないが、今後の仕事に支障を出すつもりはない。

「気にしてねぇわけないだろ。現にお前、書けなくなったんだろ」

俺の中じゃ「書けなくなった」じゃなくて「書きたくなくなった」だったが、どっちだっていい。自分が吐《は》き出す言葉に責任が持てなくなった時点で、もうあの仕事はできない。

「難しく考えるなよ。工藤さんがどう言ったのかは知らないけど、当時の俺は小遣《こづか》い稼《かせ》ぎで仕事をしていただけだ。それで食っていこうと考えてたわけじゃない。そんな事より、恭平の元彼女ってどんな子?」

西荻は眉《まゆ》を寄せて「そんな事ってなんだよ」と不機嫌《ふきげん》そうに口にする。

「俺にとってはそっちの話の方が大事だから」

俺が話をはぐらかそうとしていると思ったのか、西荻は苛立《いらだ》ったようにジャケットから煙草を取り出したが、すぐにそれを仕舞《しま》う。

「……普通《ふつう》の女だよ」

「まだ好き？」

「なんで？」

硬い声で問い返しながら、西荻は俺を睨《にら》み付ける。最初は苦手だったんだけどな、とその整った顔を見ながら思う。苦手が可愛《かわい》いになって、仕事場では見せないような表情をたくさん目にして、気付けば落とされていた。だけど西荻は違う。マグ一つであんな顔を見せられたら、西荻がかつての恋人《こいびと》に今でも強い未練があると気付いてしまう。

「答えられない？」

質問に質問で返した西荻に、また質問で返す。

お互《たが》い答えず質問ばかりの会話は、ファミレスにだらだらいる事と同じぐらい無意味だ。

俺は喋り疲《つか》れていて、西荻は自分の気持ちを口にする事に慣れていない。

もっとも、ここで俺の質問を肯定《こうてい》されても困る。やっぱり前の相手がいいと言われても、どうせ手放す気はない。肯定されたら嫉妬《しっと》に狂《くる》って酷《ひど》い事をしそうだ。もう終わってる相手に対して嫉妬するなんて、格好悪い。そう思っていると「辰巳達也は？」と西荻が呟く。

「なんで辰巳達也がその話知ってるんだよ。俺と元彼女より、お前とあいつの方が何かあるだろ」

「仕事を手伝った専門時代の友達って、辰巳達也かよ」

違うと否定する前に「智空、あいつと付き合えば？　俺よりも話が合うだろ」と口にした。

「タツミはそんなんじゃない」

「どうだかな……智空はどうせ、やれれば誰《だれ》でもいいんだろ」

西荻の言葉に思わず苛立って席を立つ。西荻も俺も、頭に血が上ってる。

結局、西荻の元彼女との事は何も訊けていないが、これ以上話していても埒《らち》が明かない。

「そんなわけないだろ。とりあえずもう遅いから……また明日話そう。家まで送る」

「いらねぇよ。女扱《あつか》いするな」

吐き捨てるように口にすると、西荻は一度も振《ふ》り返る事なく店を出て行く。

その後ろ姿を追い掛ける気にならずに家に戻《もど》った。タクシーの中で何度か電話すべきかと考えたが、顔を見なくても冷静に話し合える自信がなかった。

時刻はとっくに深夜を回っていたが、部屋では永海が夏休みの課題を解いていた。

「おかえりー。今日は外泊《がいはく》しないのー？」

馬鹿《ばか》な話し方をする弟の頭をぐしぐし撫《な》でる。

「うー、ちょ、やめてよ。わ、わ、にいちゃん」

動物に触《ふ》れると癒《いや》されるペットセラピーと似てる。柔《やわ》らかな髪《かみ》の毛を掻《か》き混ぜていると「俺に甘えるなんて、なんかあったんだろ」と分かった風に言われた。

喋《しゃべ》り疲れていたのに、結局俺は永海に西荻との事を吐露《とろ》した。永海みたいな脳天気な高校生に悩《なや》みを吐露するのは独り言と変わらないと思いながら。話し終えてからベッドに横になる。

「にいちゃんの、ライターとしてのポリシーかモラルに関する話は正直俺にはよく分からないし、ライターでもデザイナーでも、まともに働いてくれてたらどうでもいいけど」

どうでもいい、とあっさり口にするところが兄弟で似てるな、と他人事《ひとごと》の様に思う。

「でも付き合ってる人に今でも元彼女が好きかどうかって訊くのは問題あるよ。どうせにいちゃんの事だから、可愛く聞いたりしなかったんだろ」

「可愛くってなんだよ」

そう言うとチワワを彷彿《ほうふつ》とさせる大きな目が俺を見上げる。

「前の彼女の事、まだ好き？」

実演とばかりに永海が頼《たよ》りなく言葉を吐き出す。確かにそんな風には訊いてない。

「俺にデレてないで、彼氏にデレてきなよ。その人さ、わざわざこんな時間まで付き合ってくれてたんでしょ？　なんで別れて帰ってきちゃったんだよ」

「前の相手が好きだって認められたら、嫉妬で酷い事しそうなんだよ」

「前の相手が好きだったら、にいちゃんの過去の話の真相を確かめたりしないだろ。テンパって冷静な判断できなくなってんじゃないの？　次に会ったら謝りなよ。因《ちな》みに前の相手の事じゃなくて、俺の事を好きって訊いた方が健気値《けなげ》が高いからね。はい、試《ため》しにやってごらん」

「うざい」

にこにこしてる永海から楽しんでいる雰囲気《ふんいき》を感じ取ってそう口にすると、弟はがっかりした顔で「デレタイムが短いのも問題だからね、にいちゃん」と呟《つぶや》いた。


翌日、就業時間を終えても帰ってこない西荻を会社で待ったが、いつの間にか日を跨《また》いでいた。これはもう戻ってこないかもしれないな、とパソコンの電源を落として、残っている制作部のスタッフを労《ねぎら》ってからオフィスを出る。

ちょうどやってきたエレベーターに乗り込んで下まで降りると、まさに乗り込もうとしていた西荻が立っていた。

俺を見て驚《おどろ》いた顔をした事を後悔するように、ずかずかと乗り込んできた西荻は会社のある階数を押してから俺を振り返り、「降りねぇの？」と訊いた。

「話がしたくて、待ってた」

俺がそう言うと、西荻が気のない返事をする。

扉が閉まってカゴが上昇する。エレベーターの扉《とびら》が押してもいない三階で開いたとき俺は西荻の腕《うで》を引いて、真っ暗なフロアに降りた。

「話って何」

無理矢理《むりやり》連れ出された事に対しては、特に何とも思っていない様子の西荻を見る。

何から話せばいいのか、頭の中で考えていると西荻が「俺さ」と切り出す。

「元彼女にやり直したいってずっと言われてる」

わざわざ俺に言うって事は、付き合うって事なのかと思いながら西荻の言葉の続きを待っていると、西荻は「何か言えよ」と口にする。苛立ちを抑《おさ》えるような口調だった。

「何を、言って欲しいんだよ」

昨日と同じ目で西荻が俺を睨む。昨日と同じ失敗を繰《く》り返している、とその目に教えられる。

どう言えばいいのか分からなくて、言葉を探す。だけど見つからない。

「俺は……」

開いた西荻の唇《くちびる》に自分のそれで触れる。驚いた顔で俺を見上げる相手に「好きだよ」と口にする。

「だから他《ほか》の奴《やつ》には渡《わた》さない」

西荻はきつい視線を揺《ゆ》らして「俺は、都合良く扱われるのはごめんだ」と言った。

「辰巳達也と二股《ふたまた》掛けられるのも嫌《いや》だし、やるためだけに付き合うのも嫌だ」

「分かってる。嫌がる事はしない。だからちゃんと俺の物になれよ。不安なんだよ」

西荻の体を抱きよせて、赤い耳に向かってそう口にする。縋《すが》り付くみたいで情けないと思っていると「不安なのは俺の方だ」と詰《なじ》られた。

「お前から告白してきた癖に、全然普通《ふつう》で、焦《あせ》ってるの俺ばっかりで、だから俺の方が、すげぇ不安だよ。デートに遅刻《ちこく》するし、すぐやろうとするし、そんなの体目当てなんかって思うだろ。俺は男なんか相手にして来なかったから、いきなりそういう事されると、困るんだよ。挙げ句、俺より辰巳達也の方が智空の事に詳《くわ》しいのもむかつくんだよ」

あいつなんなんだよ、と西荻は俺の背中を殴《なぐ》る。

痛かったが、絡《から》まっていた糸が解《ほぐ》れていくような気がして、抱《だ》き締《し》める腕の力を緩《ゆる》める気にはならなかった。

「ごめん」

弟に指南された通りに謝ると、至近距離《きょり》で西荻がじっと俺を見つめる。

「向こうは智空の事名前で呼ぶし、智空はあいつの頭撫でてるし、すげぇむかつく。それに夜中呼び出して前の恋人の話とか、マジでありえねぇよ」

段々と怒《いか》りが収まらなくなってきたのか、俺の背中を殴る拳《こぶし》が強さを増す。思わずその両手を摑《つか》むと、じろりと睨まれた。

その目を見下ろして「元カノに嫉妬した」と、正直に話す。

「恭平が、俺の事をどう思ってるのか分からなくて不安になって、無神経な事聞いて悪かった。

それからタツミの事は本当に何でもない。あいつはただの旧友で、向こうもそう思ってる。すぐやろうとするのは、恭平が可愛いから仕方ない。でも、嫌なら我慢《がまん》するから」

耳元で囁《ささや》くように言うと、びくりと肩《かた》を震《ふる》わせた西荻の頬《ほお》が赤くなる。

それを見つめていると西荻は俺の視線から逃《のが》れるように、肩に額を押し付けてきた。抱き締めた体が緊張《きんちょう》で強張《こわば》る。西荻は「俺は」と響《ひび》くような大きな声で言った。今の時間は上下のフロアに人はいないが、それでも西荻は自分の声に怯《おび》えたように言葉を切ってから、今度は囁くような声で「何とも思ってない奴とキスなんかしねぇ」と口にする。

今日二度目のキスは西荻からされた。柔らかな唇を触れ合わせていると、それだけじゃ足りなくなって舌を入れた。西荻はびくりと肩を揺らしたが、それでも噛《か》もうとはしない。

ほっとしながらゆっくりと味わっていると、ぎゅっと摑んだ手の拳に力が入る。その手を取って背中に回させると、大人しく西荻が抱《だ》きついてくる。そんな些細《ささい》な事が嬉《うれ》しい。

「元彼女とはもう終わってる。俺は浮気《うわき》なんて絶対しない。だから、智空も俺だけだからな」

ぎゅっと背中の手に力がこもる。

「………付き合ってる相手以外に、好きとか、可愛いとか、結婚《けっこん》してって言うのもやめろ。それから相手が男でも女でも、頭撫《な》でるのはよせよ。お前は平気でも、向こうが勘違《かんちが》いするかもしれないだろ」

耳まで赤くして、躊躇いながら口にする。あんな軽口を気にしていたのかと、意外に感じた。

「そういうの、言うのもするのも一人でいいだろ」

俯《うつむ》いたまま告げられた言葉に、俺の方まで顔が熱くなった。目の前にある頭を撫でると「恥《は》ずかしいから、あんまり触《さわ》るな」と言われて、ゆっくりと下火に抑えたはずの熱がまた燃える。

互い余裕《よゆう》が無くておかしい。不格好にも程があるが、抱きしめた腕を放す事はできなかった。

暗いフロアで西荻を抱き締めながら、大事にしようと決める。大事にしたい。

そのためにするやせ我慢なら、いくらでも耐《た》えられる。


永海は西荻を見ると「カッコイイですねー。にいちゃんと違《ちが》ってちゃんとしたオトナって感じだー」と手放しで褒《ほ》める。

今日は西荻と会うから家を空けさせようと思っていたが、永海は「今日でバイトも終わりだから、長野に帰るよ」と言った。追い出すような格好になって申し訳なかったので、帰りの特急代を渡すと、鈍行《どんこう》で帰るつもりだったらしい弟はもの凄《すご》く喜んだ。

そんな姿を可愛いと思ったが、今は西荻との食事に弟を連れてきた事を激しく後悔《こうかい》している。

「帰る前に恭平さんに会えてすごく嬉しい」

にこり、と笑う永海に呆《あき》れながら焼き肉をつつく。

鉄板の上で焼けていく肉を見ながら「そんな感じでいつも、口説いてるんだな」とうんざりしながら口にする。リップサービスの多さに、胸焼けを起こしかける。

「でも、俺にいちゃんの経験値下回ってるよ。にいちゃんの部屋にある白地図の赤いところ、全部やった女の出身国なんだよね」

「……お前、そろそろ黙れば？」

徹夜《てつや》明けにもかかわらず、仕事終りにこうして焼き肉屋に連れてきてやってるのに、さっきから際《きわ》どい話題ばかりだ。

『帰る前ににいちゃんの彼氏がみたいー。未来の義兄《にい》さんがみたいー』

そんな弟のたっての希望で、西荻には関係をばらしているのを内緒《ないしょ》で連れてきたが、それを良い事にさっきから俺の心臓が痛くなる話題ばかりを提供してくれる。

「にいちゃん、超《ちょう》手早いんですよ。見習って俺も、日本の白地図を買ってみました」

「………お前、だから早めに帰るんだな」

女漁《あさ》りが目的だった奴が、夏休みを一週間残して大人しく帰るなんておかしいと思ったんだ。

「あ、すいませーん。お姉さん、上カル、上ミノ、あと厳選牛タンそれぞれ一皿追加でー」

できるだけ早く帰らせようと思いながら好きに頼ませていると、会社からの電話で西荻が席を外す。雑音を嫌ってわざわざ店の外に出る後ろ姿を確認《かくにん》してから、目の前に座る弟を睨《にら》む。

「お前は俺になんか恨《うら》みでもあんのか？」

「二人の愛の強さをちょっと試《ため》してみたくなったっていうか。あの人がマジでにいちゃんのこと好きなのか知りたくなったっていうか」

ようやく先日、固まりかけた土台を崩《くず》そうとしている弟に頭痛を覚えた。

「余計なお世話だ。嫌《いや》がらせも大概《たいがい》にしろ。怒《おこ》るぞ」

きつい口調で言うと流石《さすが》に永海も反省したのか「もうしません」と口にする。

「良いじゃん。にいちゃん達が心おきなく色々な事が出来るように出ていくわけだし」

あれは俺の家だ。それにお前が家に帰るのは、47都道府県を赤く染めるためだろうが。

「んー、でも西荻さんは全然顔に出ないなぁ。俺、超観察してたんだけど普通に男友達の態度だった。にいちゃん遊ばれてないといいね」

「……お前、まだガキだな」

分かっているように見えて、その実、少しも分かっていない永海を笑う。

「え、なんで？　ってか、今のにいちゃんの顔ちょっと格好良かったんだけど」

しばらくして西荻が戻《もど》ってくる。

「お仕事ですかー？」

永海が首を傾《かし》げると、西荻は完璧な笑《え》みを浮《う》かべて「ちゃんとした大人だから」と口にする。

「その笑い方爽やかで格好良いです。俺も将来は実家の病院を継《つ》いで、西荻さんみたいなスタイリッシュクールでインテリジェントスマートな大人になります！」

「……実家病院なのか？」

「三百床《しょう》以下のこぢんまりとした医院ですけどねー。あ、未使用の白衣やカテーテルが家にあるんで、使う時になったら言ってください。メール便で送ります」

西荻は大人として永海のその冗談《じょうだん》に笑った。

「使う時になったら連絡《れんらく》するよ」

そんな風に切り返す西荻に永海は「遠慮《えんりょ》無くどうぞー」と請《う》け合う。

「じゃあ、西荻さん！　にいちゃんをよろしくお願いします」

焼き肉屋を出ると、永海はびしっと敬礼してから駅の方に向かう。永海はここから内回りで新宿に行き、特急に乗る予定だ。鈍行じゃないから、今日中には実家に帰れるだろう。

永海の背中を見送ってから、家の方向に向かって歩き出すと、西荻は「いいな、弟。うちは妹と姉しかいないから」と口にする。

「羨《うらや》ましいか？　あれ」

既《すで》に永海は西荻を義兄さんとして認識しているが、本人は知らない方がいいだろう。

「それより、実家病院なのかよ？」

「言ってなかったか？」

「聞いてない。俺、智空の事全然知らねぇんだな。智空も、俺の事ほとんど知らないだろ？」

「上と下に女兄弟がいるって、今初めて知った」

「だよな。言ってねぇしな」

歩きながら西荻は「知らない事だらけなのに、なんでこんなに……」と言いかけて、口を噤《つぐ》む。その先を聞きたかったが、西荻は黙《だま》り込んだまま俺の横を歩く。

大通りを折れて、人通りの少ない路地に入った所で「もっと教えろよ」と、西荻が俯く。

「俺の事も教えるから、大事な事から順に、もっと教えろ。ちゃんと全部知っておきたい。付き合ってるなら、智空の事は俺が一番知ってなきゃ駄目《だめ》だろ。体で繋《つな》がるんじゃなくて、もっと話したり知ったりしておきたい」

「大事な事って？」

「だからこの間の、ライターの件とか、そういうのだよ。あの時、本当は辰巳達也じゃなくて、俺が先に怒りたかった」

なんであんな大事な事黙ってたんだ、と西荻がまた不機嫌な顔をする。

「分かった。なんでも話す」

俺の言葉に西荻は満足そうに頷《うなず》く。

「じゃあ早速《さっそく》白地図から説明しろ。やった女の出身地塗《ぬ》るのが長野では流行《はや》ってんのか？」

「……訪《おとず》れた国塗ってるだけだ。女の話は、永海とタツミが言ってるだけ」

というよりタツミが永海に吹《ふ》き込んだ。永海はそれがタツミの冗談である事を、分かっている。しかし冗談のほうが面白《おもしろ》いので、わざと本当の事には目を瞑《つぶ》っているのだろう。あいつはそういう奴《やつ》だ。

「また辰巳達也かよ。本当に何でもないんだろうな」

どこが普《ふ》通《つう》の男友達の態度だよ。かなり気にしてるだろ、これ。

だけどそんな風に嫉妬《しっと》してくれるのが嬉《うれ》しいと思ってしまう自分がいる。タツミよりも先に怒りたかったなんて、そんな可愛《かわい》い事をさらりと言うところが西荻らしい。

「なんで、笑ってんだよ」

「可愛いから」

「……なんか誤魔化《ごまか》そうとしてるだろ」

むっとして唇《くちびる》を尖《とが》らせる癖《くせ》に、さっきまで真っ直ぐ俺に向けていた視線を逸《そ》らす。

簡単な言葉一つで恥《は》じらう態度を見ていたら、体の奥がじくりと重くなる。

「してない。ずっと前から、可愛いって思ってる。話がしたいなら、いくらでも付き合う」

俺が笑うと、西荻は一度唇をぎゅっと結んで「じゃあ、部屋に連れていけ」と顔を赤くしながら偉《えら》そうに言った。


西荻が俺の部屋に来るのは、今日が二回目だ。

物珍《ものめずら》しそうに部屋の中を見回して、それから「智空が書いてた雑誌、残ってねぇの？」と口にする。

「あるにはあるけど……。たぶん下だな」

「読みたい」

一瞬面倒《いっしゅんめんどう》だと思ったが、西荻が期待の籠《こ》もった目で見上げてくるから、仕方なく倉庫に下りた。壁《かべ》に掛《か》けてある懐中《かいちゅう》電灯片手に倉庫の中を照らす。鉄骨の棚《たな》の奥にある段ボールを引っ張り出す。数年ぶりに見る雑誌の表紙には、スピーカードッグが描《えが》かれている。それを数冊持って階段を上がると、西荻はソファの上に座っていた。

「本当にしばらく永海くんと暮らしてたんだな？」

西荻の視線の先には教科書が落ちていた。それからあいつがたまに履いていた派手な靴。

「あいつ……」

新学期までに送らないとな、と思いながら「もしかして、今日一緒《いっしょ》に食事してもいいって言ったのはそれを確認したかったのか？」と問いかける。

「見たかったのもあるけど、弟がいるって追い返されるの、本当かどうか疑ってたのもある」

「前の奴がそうだからって……」

「元彼女のせいっていうよりも、智空が誰《だれ》にでも好きだとか愛してるとか言うからだろ」

「これからは恭平にしか言わない」

雑誌を渡《わた》すと、西荻は早速読み始めた。

「〃夜間飛行の終わり、日の出が近づくと空の藍《あい》と黒い大地の間に鮮《あざ》やかな白と、オレンジが生まれる。そのスペクトル。光の粒子《りゅうし》が網膜《もうまく》に染《し》み込む瞬間《しゅんかん》に、自分の細胞《さいぼう》が新しく再生していく〃」

西荻が俺のコラムを声に出して読む。数年前の自分が書いた文章を目の前で音読されるのは、結構な羞恥《しゅうち》プレイだ。改めて聞くとリリカルかぶれの文体に、耳を塞《ふさ》ぎたくなる。

冗談ではなく顔が熱くなって、とてもじゃないが聞くに堪《た》えない。自分が書いた物は一度読み返した後は仕舞《しま》ってしまうから、どんな文章を書いたのかは明確に覚えていないが、随分と自分に酔《よ》っていたなと思いながら、西荻の手からその雑誌を取り上げた。

「もう、書かねぇの？」

「書かないよ。大した文章が書けるわけじゃないし、そんな暇《ひま》もないしな」

当時重宝されていたのだって、世界各地を足で回った経験談が物珍しかったからだろう。

それに今はデザイナーとしての仕事で手一杯《ていっぱい》だ。ライターの仕事まで考えられない。もしいつか、書きたい物ができたらまた始めるかもしれないが、それは今じゃない。

「面白いのに、勿体《もったい》ねぇの」

西荻は詰《つ》まらなさそうにそう言うと、別の雑誌を手元に引き寄せる。読むペースが速いのか、すでに西荻が手にしているのは最後の一冊だ。まだ下にはあるが、また取りに行くのは面倒《めんどう》だった。それに話をすると言ったのに、ずっと西荻が本に掛かりきりなのも詰まらない。

——恋人に構って欲しいとか、そういう人間じゃなかったはずなんだけどな。

内心自分の変化に驚《おどろ》きながらも、西荻がじっと読み入っている姿を向かいで眺《なが》める。

ようやく終わったのか、ぱたりとそれを閉じた後で西荻は「俺さ」と口にした。

「智空の事、嫌《きら》いだったんだよな」

「知ってるよ。当たりがきつかったからな」

「余裕《よゆう》を持って仕事をする様が嫌いだった。忙《いそが》しい時でも休んでるのを見て、むかついた」

「おい、それだけで俺の事を嫌ってたのか？」

そう訊くと西荻はむっとした顔で「新人の頃《ころ》、怒《おこ》られたんだよ」と口にする。

「は？」

「企画書《きかくしょ》が読みにくいとか、コンセプトが弱いとか、なんでそんな事をフリーのあんたに言われなきゃならないんだって、腹が立ったんだよ。指摘《してき》された内容は、全部正しかったけど」

嫌《いや》そうに口にするのを見て記憶《きおく》を辿《たど》るが、西荻と話した覚えは無い。

「しかも結局、コンペで指摘された通りの理由で負けて、智空に〝だから言っただろ〟って馬鹿《ば》にされたんだよ。しかも俺が大手の仕事に尻ごみしていたら、勝算がないと勝負もできないのか、って言われた」

「言ったかな」

「言ったんだよ。俺が新人の頃に。尤も、それ以来大手にも積極的に営業かけるようになったんだけどな」

自分が営業部の仕事に意見するとは思えなかったが、西荻が言うなら、そうなのだろう。

「見返そうと思った。見返せたと思ったのに、智空は俺の事なんて気にもかけてなくて、俺ばかり気にしてるのがむかついた」

西荻がそんなライバル意識めいた物を、俺に対して抱《いだ》いていると思わなかった。

「嫌いだったけど、なんか……いきなり好きとか言うから」

その続きは、いつまで待っても聞こえない。言えない西荻の代わりに俺が言う。

「好きになったんだから、仕方ないだろ」

俺がそう言うと、西荻は顔を赤くして俯《うつむ》く。それから小さく「隣《となり》、来ねぇの」と口にする。

誘《さそ》われて西荻の隣に座った。ソファの上で軽く握《にぎ》られている手に手を重ねると、振《ふ》り向いた西荻が、ぎこちなく近づいてくる。その唇が、俺の唇を掠《かす》めた。

「今日、何もしねぇの？」

「話、するんだろ？」

俺がそう言うと、西荻は拗ねた声音《こわね》で「したくねぇの？」と口にする。

「無理強《むりじ》いはしない。恭平がしたいって思えるまで我慢《がまん》する。だから煽《あお》んな」

手は重ねたまま体を離すと、西荻がソファから立ち上がった。

「俺は、嫌だって言ってねぇよ。風呂《ふろ》、先に借りるから。覚悟《かくご》決めた時に限って、物わかりの良い振りしてんじゃねぇよ」

凄い捨て台詞《ぜりふ》を残して、西荻が風呂に消えた。

予想外の言葉に上がってくるのを待つ間にタガが外れそうになっているのを自覚して、頭を抱《かか》える。こんなに余裕がない自分がおかしくて、同時に楽しい。最近はこんなに心を揺《ゆ》さぶるものに出会っていなかったから、久しくこんな感覚は忘れていた。焦燥《しょうそう》と期待と、それに混じる甘い感情に振り回されて、比較的《ひかくてき》動じる事の少ない自分が右往左往してしまう。

格好悪いが、それでも西荻が許してくれるなら格好悪いままでいいか、と思った。

もしかしたらオサムはもうずっと前にこういう心理にたどり着いていたのかもしれない。

西荻は少し大きめのバスタオルを腰に巻いて出てきた。その格好を見て、本当にやるつもりなのかと、妙《みょう》に実感してしまう。じっと見つめていると、居心地《いごこち》悪そうに視線が逸らされる。

その姿にひどく喉が渇いて、湯気が残る風呂場に入る。シャワーを浴びている間中、馬鹿みたいに期待しながらも、西荻が最中に少しでも嫌がったら止《や》めようと決める。好きだから傷つけたくないし、大事にしたいから待てる。

元々今日はそのつもりじゃなかった。泣かせるような真似《まね》はしたくないと思いながら、下着だけつけて風呂を出ると、西荻はベッドの上で携帯《けいたい》を弄《いじ》っていた。

「仕事?」

「違《ちが》う。ちょっと、知り合いと」

そこまで言って、西荻は携帯を閉じるとそれをベッドサイドに置く。

「本当に平気？」

横に座って抱《だ》き寄せながら訊くと、西荻は「いちいち訊くなよ」と掠れた声で言った。

キスをしながら素肌に触れ、胸を指先で弄ると、西荻は緩《ゆる》やかに背中を反らせる。その胸を舌で愛撫《あいぶ》していると、徐々《じょじょ》にしこりができて胸の先が立ち上がる。今まで抱いたどんな相手よりも敏感《びんかん》に反応を返す西荻は、苦しそうな息の合間に「痛い」と咎《とが》めるように言った。

「指で触《さわ》られんの、痛い」

掠れた吐息《といき》でそう告げられて、指で弄っていたもう片方も舌で柔《やわ》らかく擦《こす》り上げる。

噛《か》むつもりはなかったが、軽く歯を当てるとびくりと背筋を震《ふる》わせた。

宥《なだ》めるように舌で愛撫して西荻の体に快感だけを与《あた》える。驚かせないようにゆっくりと、穴の中に指を潜《もぐ》り込ませる。穴の縁《ふち》は少し緩み、易々と指を受け入れた。あまり馴《な》らさずに、二本目の指も飲み込んでしまう。

「自分で弄ったりした？」

思ったよりは苦しそうじゃない西荻にそう問いかけると、触《ふ》れている脚がびくりと動き、無神経な事を口にした俺を責めるように、真っ赤な顔で睨《にら》み付けてくる。

「俺が入りやすいようにしてくれたの？」

意地悪な問いかけに、西荻がぎゅっと瞼《まぶた》を瞑《つぶ》る。

返事を催促《さいそく》するように唇《くちびる》を嘗《な》めて指を抜《ぬ》き差しすると、眉間《みけん》の皺《しわ》が深くなる。湿《しめ》った内側の肉がざわめくのを感じながら、指を根元まで埋《うず》めて動かすと、時折ぎゅうっと締《し》め付けてくる。

「俺の指、締めてるの自分で分かる？」

「……わ、かる」

ひどく恥《は》ずかしそうに西荻がそう言うと、余計に内側が窄《すぼ》まる。そんな自分の反応を嫌がるように小さく首を振る姿を見た途端《とたん》に、胸が苦しくなった。今すぐに無茶苦茶に突《つ》き上げてしまいたくなって指を引き抜き、自分の自制心を取り戻《もど》すために長く息を吐《は》き出す。

視線を落せば俺の前に差し出された綺麗《きれい》な体がある。曝《さら》け出された肢体《したい》には逃《に》げる様子も拒《こば》む気配もない。触れる事を許されている肌《はだ》に、ゆっくりと掌《てのひら》を滑《すべ》らせた。

脚を開かせて西荻の性器を愛撫してやると、体の力は抜けるどころか余計に硬《かた》くなる。屈《かが》み込んでその中心に舌を這《は》わせると、触れていた太腿《ふともも》が引きつった。

「な、に、なんで」

裏側をべろりと嘗めると、「にぃ」とおかしな声が上がる。

「今の。可愛いな」

思わず笑うと、吐息が触れたのか西荻のそれがびくびくと震えた。

反応しているのを見《み》ながら敏感な部分に舌を這わせていく。特にカリの部分を口の中で嘗めてやると、泣きそうな声で西荻が「恥ずかしい」と口にする。

「嘗められるの初めてじゃないだろ？」

「智空とするのは……、初めてだろ」

そう言って西荻は身を捩《よじ》るが許さずに、余計に深く咥《くわ》えてやると敏感な体が跳《は》ねる。嘗めながら擦ってやると、西荻の腰《こし》が僅《わず》かに揺れた。シーツの上で弾《はず》む尻《しり》の間に、ゆっくりと指を入れると「ふあっ」と声が漏《も》れる。その指で先程《さきほど》と同じように中を弄ると、西荻の足がシーツを蹴《け》った。

「いく」

羞恥《しゅうち》に顔を染めながら、西荻が口にする。中に指を埋めたままその場所から口を離《はな》して、ゆっくりと腹を嘗め上げて尖《とが》った乳首《ちくび》に舌を這わせると、西荻は「あっ」と声をあげて体を反らせた。そのせいで西荻の陰茎《いんけい》が俺の腹に当たる。

「あ、う」

「自分で腰振《こしふ》って」

西荻の背中を抱き締めて、後ろの穴を弄りながら言うと、おずおずと俺の腹にそれを押し付けるように腰を揺らし始めた。

「ん、ぁっぁ、いく」

後ろの穴から指を抜いて性器を擦ってやると、西荻はがくがく震えながら達した。たっぷりと出たそれを西荻の陰茎に擦りつけてから、脚を開かせた状態で体を離す。

「痛くしないから」

そう言ってローションとコンドームをベッドの上に落とした。パッケージを開いて、ゴムを取り出す。それを自分の性器に着けるときに視線を感じて顔を上げると、西荻が真赤な顔でこちらを見ていた。その目を見ながらローションの蓋《ふた》を開けて、中身を掌に落とす。温《ぬく》もりが移るより先に先程指を入れていた場所や周辺にローションを擦り込む。冷たかったのか西荻の体がびくりと震えて、指が敏感な場所を掠める度《たび》に喘《あえ》ぐように息を吐き出す。

「入れるよ」

西荻を煽るように宣言してから、ゆっくりと中に埋《う》め込む。

「あ」

頭が内側に入ると、西荻は唇を震わせて声を落とす。止まらずに、ずぶずぶと奥の方へ腰を進める。奥に行けば行くほど、肉が絡《から》み付いてくるような感覚に、呼吸が乱れる。

狭《せま》くて濡《ぬ》れている穴の中は、痛いぐらいにきつくて心地《ここち》が好い。

西荻が悩《なや》ましく眉《まゆ》を寄せる様に煽られて、最後まで埋めきる。

「平気？」

前髪《まえがみ》を掻《か》き上げながら訊くと、潤《うる》んだ目が向けられる。

その可愛い顔を見ながら足を摑《つか》んで軽く揺さぶった。

「ん、ぁ」

途端にゆるく西荻が首を振《ふ》る。それを見て動くのを止める。代わりにキスをしながら、胸の先を弄った。指の腹で辿《たど》るだけで咥え込んだ場所がぎゅうぎゅう締まる。

「ん、ん」

唇を離すと、甘い声が聞こえる。

それでもまだ動かずに体に触れていると、西荻の方から腰を揺らめかせる。焦《じ》れるような動きに耐《た》えて髪《かみ》や耳にキスを繰《く》り返していると、「動けよ」と小さな声で強請《ねだ》られる。ゆっくり西荻の体の中を擦り上げると、ろくに動かさないうちに西荻は達してしまう。

「智空」

射精した後にぎゅうっと抱《だ》きついてくるのが可愛くて、我慢《がまん》できずに突き上げると「あ」と高い声で鳴く。腰を使えば唇から音が漏れて、掠《かす》れた声が耳に届く度に気持ちが高ぶる。

「恭平」

名前を呼ぶたびに愛《いと》しさが増して、心の底が重くなってどこまでも落ちていく気がする。入れたまま額にかかった髪を掻き上げると、うっすらと目を開けた西荻と目が合う。

「何、見てんだよ」

「可愛いなって」

口にした言葉に西荻の体の深い部分が反応する。ざわめく動きに熱の籠《こ》もった吐息を吐き出

す。異物を押し出すような動きに逆らって、ゆっくりと深い部分を抉《えぐ》る。

「なんか、俺ばっか余裕《よゆう》なくてむかつく」

自分の体の反応に戸惑うように、唇を噛む。

「俺も、余裕ないよ」

そう言って軽く突き上げると、西荻が小さく呻《うめ》く。苦しそうな声音《こわね》を聞いて宥めるようなキスを繰り返すと、西荻が濡れた唇で「そんな気遣《きづか》わなくていい」と口にする。

「少しぐらい乱暴にしても、壊《こわ》れたりしねぇから、だからもう、好きにして良い」

いつも俺がするように西荻に頭を撫《な》でられて、意外と長く保った自制心を手放す。

自分の欲望《よくぼう》の硬さを知らしめるように、ごりごりと内側にそれを擦《こす》り付ける。ゴムの中で先走りを零《こぼ》しながら、力の加減もできずに両手で強く西荻の体を抱き締めた。

「ぁ、あ、っ」

尾《お》を引いて震える声を聞きながら、腰を抱《かか》えてきつい場所を突き上げる。指先が汗《あせ》で滑るたびに、爪《つめ》を立てて乱暴にかき抱きたくなる。

頭の芯《しん》がぼんやりするような快感を感じながら、西荻の性器に手を伸《の》ばす。

「い、ぁ」

根本の方を押さえると、西荻は体を反らして俺から逃げようとする。それを力で押さえ込むと、泣きそうな目が見上げてくる。その目に映る自分がどんな顔をしているのかは、容易に想像がついた。がっついている自覚はあった。どれだけしても足りない気がした。

痛いと言われた胸の先に指を伸ばすと、西荻が耐えるように唇を噛む。

「っ、ふぁ、……」

好きにして良いと言ったからか、西荻は何をしても拒絶《きょぜつ》しなかった。

せき止めたまま亀頭《きとう》の先を弄っても感じる部分を突き上げても真っ赤な顔で震《ふる》えながら許されるのを待っている姿に、余計に乱暴にしたくなる。

「あんまり可愛《かわい》くなるなよ」

掠れた声で口にする。そんな態度を取られると欲望が更《さら》に加速していく。

「恭平」

唇の上を指の腹で擦《こす》る。本人は好きだとも愛してるとも言わない癖《くせ》に、雄弁《ゆうべん》な体が全部語ってくれる。咥えこんだ場所がすすり泣くように蠢《うごめ》くのを感じ、根本を戒《いまし》めていた指を解いた。触《ふ》れるだけで喜ぶように跳ねる体を抱き締めて、一番深い場所で達する。引き抜《ぬ》く時に前立腺《ぜんりつせん》を擦ってやると、西荻は声もなく達しながら泣き出した。

「は、ぁ」

その涙《なみだ》を舌で拭《ぬぐ》いながら、絡みついていた西荻の脚がゆっくりと力なく開かれるのを感じる。

「平気？」

「じゃ、ねぇよ」

けれど背中に回っていた指先は、引き留めるように肌《はだ》を滑《すべ》る。

その感覚を無意識に追い掛けていると、西荻が「俺以外とするなよ」と口にした。西荻以外の誰かなんて考えられない状態なのに、そんな風に言う恋人《こいびと》がおかしくて思わず笑うと、「何で笑うんだよ」と爪を立てられた。そんな仕草をされると、もっと抱きたくなって困る。

「ん、何」

首筋に唇《くちびる》を寄せると、西荻がびくりと震える。まだ快感が燻《くすぶ》っている体は、そんな刺激《しげき》だけでも簡単に反応してしまう。つくづく、感度がいい。

「キスだけさせて」

そう言うと、俺がするまでもなく西荻から唇を合わせてくれる。汗ばむ体を抱きしめて、触れるだけの子供染《じ》みたキスを繰り返す。それから西荻が落ち着くのを待ってから、交代でシャワーを浴びる。一緒《いっしょ》に入るかと訊いたら「絶対に無理」と西荻に拒絶された。

替《か》えのシーツが無かったので、棚《たな》の中から薄《うす》いシルクの絨毯《じゅうたん》を取り出す。肌触《はだざわ》りがよいそれは、夏場でも心地がいい。白と青の絹糸で作られたそれをマットレスの上に敷《し》いて、壁《かべ》に背を付けてその上に座り込む。西荻は髪を湿《しめ》らせたままで出てきた。

「どうしたの？」

なかなか近づいて来ない男に問いかける。照れているのか、頬《ほお》が赤くなっていた。触れたい気持ちを我慢できずに腰《こし》を浮《う》かしかけた所で、西荻は自分からベッドに上がってきて俺の隣《となり》に座る。僅《わず》かに腕《うで》が触れた。

西荻は俯《うつむ》いたまま、軽く俺の足を蹴《け》る。じゃれるような強さだ。好きにさせていると、反応しないのが面白《おもしろ》くないのか、ようやく俺の方を振り向く。だからまたキスをした。気を張るのに疲《つか》れたのか、西荻はもう体を硬《かた》くしたりしない。それが何だか嬉しくて抱き込んで、向き合ったままベッドの中に倒《たお》れ込む。キスをしながら西荻の頭を撫でた。

小さな頭だ。丸みのある後頭部に触れて、その形を確かめる。

「何？」

西荻はいつも理由を訊《き》く。だけど世の中には意味のない事の方が多い。俺の指先も、ただ恋人の頭の形を確かめたかっただけ。敢えて理由を見つけるなら、そこにあるのは感情論だ。

「好きだよ」

質問に適《かな》ってない答えだけど、西荻はそれ以上理由を尋ねたりはしなかった。

黙《だま》ったままの体に、掌《てのひら》を滑らせる。頭から耳へ、首へ、肩《かた》へ。手首に触れてそのまま肘《ひじ》まで。形を確かめるように。皮膚《ひふ》を皮膚に記憶《きおく》させる。唇は唇に、瞳《ひとみ》は瞳に、鼓動《こどう》は鼓動に、心は心に。そうやって克明《こくめい》に自分の体に相手を刻みつける事で、同時に西荻の体にも自分を刻みつける。他《ほか》の体では違和感《いわかん》を覚えるように。自分だけが、馴染《なじ》むように。

「何、考えてる？」

掠れた声で問われる。湿気《しっけ》を含《ふく》んだ甘みのある声が、耳の中に響《ひび》く。

「何、考えてると思う？」

「……分かるわけねぇだろ」

「本当に？」

目と目を合わせてから、その唇を啄《ついば》んで、ゆっくりと胸を合わせる。

こんな風に全部合わせていたら、他の事は考えられない。

「分かった？」

そう訊くと、西荻は眠《ねむ》そうな瞼《まぶた》を押し上げて頷《うなず》く。それから少しの間なんでもない話をした。

西荻の視線はシェルフに飾《かざ》られた写真に向けられる。欅《けやき》を使った写真立ての中に入っているのは、美しい青のグラデーションに浮かぶ白い砂浜《すなはま》の島だ。

「どこの写真？」

「パラオだよ」

声に出すと暖かな日差しが肌の上に落ちた時の事を思い出す。波の音、砂の匂《にお》い。海の底に戦闘機《せんとう》が沈《しず》んでいる事も。海はダイバーの知り合いが口を揃《そろ》えて言う通り、とても綺麗《きれい》だった。

西荻にも見せたい。

「今度行こうよ。恭平の仕事さえ都合がつけば、どこにでも連れて行ってやる」

「どこでもって？」

「国内でも国外でも好きなところに。一人で回った場所を、今度は恭平と行きたい」

それが既《すで》に目にしたものであっても、一度目はそれほど心を動かされなくても、横に西荻がいるだけでその景色は輝《かがや》いて見えるだろうと思った。駅のホームや会社のエレベーターでさえ、西荻がいると特別に思えてしまうのだから。

瞼を閉じたまま頷いて西荻は話を続けようとしたが、声は聞き掠れていた。

「もう眠りなよ」

西荻が薄く開いた唇から柔《やわ》らかな吐息《といき》が漏《も》れて、「まだ眠りたくない」と口にする。

「……もっと話していたい。眠るのが、勿体《もったい》ない」

思わず笑いが漏れる。可愛いと思いながら髪《かみ》を撫《な》でる。半ば無意識に告げられた言葉と共に、胸に顔が押し付けられる。だけどどうせ眠っていても起きていても、西荻は俺の腕の中だ。

「明日また話せばいい。明日で足りないなら、その次も」

俺の言葉に、西荻は何も言わずに体の力を抜く。ゆっくり眠りに落ちる様を見ていたら、俺も同じ夢の中に引き込まれるような気がした。


翌朝、目が覚めると、西荻は既に起きていた。

キッチンでお湯を沸《わ》かしているのを見て近づくと、珈琲《コーヒー》の入ったマグを渡《わた》される。

珈琲は棚の中だ。よく見つけたな、と思いながら受け取り「マグ、割って悪かったな」と謝る。

「大事な物だったんじゃないのか？」

「別に、気にしてないけど」

西荻は何故《なぜ》俺が今更《いまさら》そんな事を気にしているのか分からないという顔で、首を傾げて見せる。

少し寝癖《ねぐせ》の付いた毛先が跳《は》ねているのを見ながら、あの時の頑《かたく》なな雰囲気《ふんいき》を思い出す。

「でも、大事な物だったんだろ？　だから怒《おこ》ってたんじゃないの？」

「元彼女の忘れもので、俺のじゃないし」

「だから余計に、怒ったのかと思ってたけど」

西荻はシンクに寄りかかったまま「食器、ほとんど割られるか持って行かれるかで、アレぐらいしか残ってないんだよ。だから使ってただけで未練とかそういうんじゃない」と口にする。

「……怒ってたのは、やらないって言った途端《とたん》に不機嫌になったからだ」

「なってないけど」

「なっただろ。思い出したら、なんか……むかついてきた」

じっとりと睨《にら》まれて「だから誤解だって」と言いながら、乱れた西荻の髪を手櫛《てぐし》で梳《す》く。

「食器がないなら、今日は買い物でも行くか」

「別にいい、俺……料理とか作らねぇし」

「デートしようって言ってんの」

珈琲で濡《ぬ》れた唇《くちびる》で口付けて、自分の分と西荻のマグをシンクに入れて抱《だ》き寄せる。

再びベッドに連れ戻《もど》すと、「デートは？」と抗議《こうぎ》された。その言い方が可愛《かわい》くて、昨日好きなだけ貪《むさぼ》った体に、触《ふ》れたくて堪《たま》らなくなる。

「午後になったら」

文句を言われるかもしれないと思ったが、西荻は「後で、服貸せよ」と口にした。だけど結局その日はどこにも行かずに、天気の良い部屋の中でじゃれるようにずっと触れ合っていた。夕食も昼食も俺が作った。西荻はテーブルの上の食事を見て「普通《ふつう》の日本食だ」と意外そうに口にして、美味《うま》いと褒《ほ》めてくれた。

それから昨晩と同じく一緒のベッドで眠った。最中は熱の籠《こ》もった目で見つめられ、物言いたげな唇が開く度に劣情《れつじょう》を煽《あお》られた。日曜日も一緒に過ごして、その夜に西荻を家に帰した。

がっつきすぎて怒られながら、一人になった部屋で消失感を味わう。

なかなか寝付《ねつ》けずいると携帯《けいたい》が鳴った。西荻かと思えば、タツミからのメールだった。

『智空の恋人《こいびと》があんまり可愛い質問しているから、好きになっちゃったかも』

そんな内容を見て、驚《おどろ》いてパソコンを立ち上げる。やっぱり他人のメールの中身を覗《のぞ》き込むような罪悪感を覚えながらも、ニシノロボットのページにアクセスした。

ニシノロボットからの最新の質問は、土曜日の夜だった。西荻がベッドの上で携帯を弄っていた時間だ。

『好きな人に好きって言うには、どうすればいいですか？』

そんな投稿《とうこう》を見たら、明日会えると知っているのに堪らなくなる。

思わず財布《さいふ》と携帯を持って外に出た。そんな自分に内心呆《あき》れながら、会ったら抱き締《し》めて西荻が言えない分まで好きだと告げようと決める。

それからタツミには近づかないように忠告もしなければならない。

はやる気持ちで家を出ると、西荻が駅から歩いてくる。

「どうしたんだよ？」

西荻が俺を見て首を傾げる。

「恭平に言いたい事があって家に行くところだった」

そう言った俺に対して、西荻が「凄い偶然だな。俺も」と口にする。

「俺も言い忘れた事があった」

恥《は》じらうように笑う顔を見ながら、やっぱりニシノロボットよりも本物の方がずっと可愛いと思った。

あとがき

こんにちは、成宮ゆりです。本日は「恋する回路」を手にして頂き、ありがとうございます。拙作《せっさく》にイラストを描《えが》いて下さったのは沖麻実也先生です。野性味溢《あふ》れる智空が大変魅力《みりょく》的です。西荻の格好良い可愛《かわい》らしさも堪《たま》りません。実は沖先生は私が受賞した際に審査《しんさ》員を務められていた先生方の一人です。その際に頂いた金言は今も胸に染《し》み込んでおりますが、上手《うま》く活《い》かせていない気がして、誠《まこと》に心苦しいです。今回はそんな私に、勿体《もったい》無い程《ほど》素敵《すてき》な二人をありがとうございました。自分の作品を先生の絵で見られるなんて、とても幸せです。

そして担当様、本作では本当に色々ご迷惑《めいわく》をお掛《か》けして申し訳ありません。もし次に同じ失敗をしたら、名前を「成宮ごめんなさい」もしくは「悪宮ゆり」に変えます。

そしてそして読者の皆様《みなさま》、巻末まで目を通して頂きありがとうございます。真逆の性格をしている二人の、一筋縄《ひとすじなわ》ではいかない恋愛《れんあい》を少しでも愉《たの》しんで頂けたら嬉《うれ》しいです。

いつもご意見やご感想のお手紙を有難く拝見させて頂いております。心の音叉《おんさ》です。

それではまた皆様とお会い出来ることを祈《いの》って。

平成二十三年四月　　　　成宮ゆり

恋《こい》する回路《かいろ》
成宮《なりみや》ゆり

角川ルビー文庫　R110-19　16861

平成23年6月1日　初版発行

発行者―――井上伸一郎
発行所―――株式会社角川書店
東京都千代田区富士見2-13-3
電話/編集(03)3238-8697
〒102-8078
発売元―――株式会社角川グループパブリッシング
東京都千代田区富士見2-13-3
電話/営業(03)3238-8521
〒102-8177
http://www.kadokawa.co.jp
印刷所―――暁印刷　製本所―――BBC
装幀者―――鈴木洋介

ISBN978-4-04-452019-9　C0193　定価はカバーに明記してあります。